1등급 상담실

1등급
상담실

박현숙
장편소설

북멘토

차례

구두값은 원하는 대로
드리겠습니다

똑같은 문자였다.

> 그 구두 저에게 파세요. 값은 원하는 대로 드리겠습니다.

아, 내용이 살짝 달라지긴 했다. 어제는 구두값의 세 배를 주겠다고 했었다. 그제는 구두값의 두 배를 준다고 했다. 내가 중고 마켓에서 산 구두는 특별한 점이라고는 눈을 씻고 찾아보려야 찾아볼 수 없었다. 평범했다. 아니 평범에도 못 미쳤다. 디자인은 유행에 뒤져 촌스러웠고 바닥은 발레화처럼 납작해서 발바닥이 아플지도 모른다는 걱정이 들었다. 그래도 내가 그 구두를 살 수밖에 없었던 이

7

유는 소라가 원하던 색깔이었기 때문이었다.

소라는 빨간 티셔츠와 구두를 깔 맞춤하고 싶어 했다. 소라가 새로 산 티셔츠의 빨간색은 정열적이거나 화사한 빨간색은 아니었다. 검은색이 약간은 섞인 듯 무거운 빨간색이었다. 80퍼센트 파격 할인을 한다는 가게에서 샀는데 조명 밑에서 보는 것과 밖에서 볼 때가 색깔이 그 정도로 다를 줄은 몰랐다고 했다. 교환을 하려고 가게를 찾아갔을 때는 이미 '임대'라는 종이가 붙어 있었단다.

소라는 할 수 없이 그냥 입기로 했다. 빨간 티셔츠에 빨간 구두를 깔 맞춤해서 신을 거라는 처음 계획대로 소라는 밤마다 티셔츠와 맞는 색의 구두를 찾아 중고 마켓을 뒤졌다. 차라리 티셔츠를 새로 사는 게 훨씬 빠를 텐데 소라는 고집을 꺾지 않았다.

"신우 너는 내가 고생하는데 어쩜 모른 척 그냥 있냐?"

어느 날 소라가 나를 원망했다. 나는 그날부터 소라가 신을 빨간 구두를 찾아 중고 마켓을 헤매고 다녔다. 나는 소라가 원하는 일이라면 뭐든 하고 싶었다. 소라는 열다섯 살이 되어서야 처음으로 생긴 여친이다. 여친을 잃지 않는 법 1조 1항은 '여친이 좋아하는 일을 골라서 해라. 웃으면서 해라. 싫다는 표정을 지으면 절대 안 된다. 그리고 늘 긴장해라!'이다. 이건 양다리도 모자라 오징어 다리를 가진 상호가 알려 준 말이다.

중고 마켓을 실시간으로 헤매느라고 잠도 설쳤다. 중간고사 기간이었지만 시험이 문제가 아니었다. 그래도 좋았다. 얼른 소라가 원하는 빨간 구두를 찾아 소라를 기쁘게 해 주고 싶었다. 나는 간절했다.

나는 어느 날 기적처럼 소라와 사귀게 되었다. 상호는 소라가 3학년 김나성에게 차이고 홧김에 나와 사귀는 거라고 했다. 나는 상호 말을 믿지 않았다. 어떻게 홧김에 남친을 사귈 수 있담? 나는 누가 뭐래도 소라가 나를 좋아하고 있다고 믿었다. 많이는 아니더라도 아주 조금은 좋아하고 있으니까 사귀자고 말했을 거라고 믿었다.

'앞부분이 날렵해야 하며 굽은 거의 없어야 함. 색깔은 빨간 티셔츠와 깔 맞춤하기에 적합할 것.'

소라가 주문한 내용이었다.

눈이 빠지게 밤마다 중고 마켓을 뒤진 결과, 드디어 소라가 주문한 것과 맞아떨어지는 구두를 발견했다. 가격도 합리적이었다. 소라는 좋아했다. 소라가 좋아하는 모습을 보니 눈알이 빠질 거 같이 피곤했던 게 씻은 듯 사라졌다. 소라가 좋아하니까 나는 더 좋았다. 빨간 구두가 나와 소라 사이를 더 돈독하게 해 줄 거 같은 예감이 들었다. 실제로 빨간 구두를 사고 나서 소라와 나는 더 친해졌다.

그런데 구두를 배달 받고 이틀 뒤부터 자꾸 문자가 왔다. 누군지도 밝히지 않고 자꾸만 자기한테 그 구두를 팔라고 했다. 내가 산 값의 두 배를 준다고 했다가 세 배를 준다고 하더니 이제 원하는 대로 주겠단다. 인터넷 세상은 넓고 중고 마켓도 널렸다. 많고 많은 중고 마켓을 뒤지다 보면 원하는 구두를 구할 수 있을 거다. 아니면 새 걸 사든가. 원하는 대로 준다고 하는 걸 보면 돈도 많은가 본데. 그도 저도 아니면 폼 나는 수제 구두 가게에 가서 입맛에 맞게 맞춰 신어도 되고. 그러면 될 것을 왜 내가 산 구두에 목을 매는지 알 수가 없었다.

'원하는 대로 준다면 천만 원 달라고 해도 줄 건가?'

코웃음을 치다가 갑자기 호기심이 발동했다.

천만 원.

나는 미친 척 문자를 보냈다. 문자를 보내 놓고 보니까 어쩐지 얼굴이 후끈 달아올랐다. 양심을 국에 풍풍 말아 먹어도 어느 정도지, 아무리 장난이라고 해도 천만 원이라니. 구두를 팔라고 매달리는 입장에서도 그 문자를 보면 얼마나 기가 찰까? 세상에는 수많은 사람들이 있고 그 수많은 사람들 중에는 나쁜 놈도 많다는 걸 알게 되었다면서 쌍욕을 할 수도 있다.

'미쳤지, 미쳤어.'

얼른 '놀라셨죠? 농담입니다. 그러니까 자꾸 팔라고 말하지 마세요.' 이러고 문자를 보내려는 바로 그 순간, 문자가 왔다.

> 좋습니다. 천만 원.

뒤통수를 얻어맞은 듯 멍했다. 천만 원을 주겠다고? 진짜? 심장이 요동쳤다. 만이천 원에 산 구두를 천만 원에 팔면 이게 몇 배 남는 장사냐? 계산하기도 어려웠다.

> 설마. 농담이시죠? 저도 농담이었어요.

나는 흔들리는 심장을 부여잡고 문자를 보냈다.

농담 같은 거 하지 않아요. 천만 원 드립니다.

문자에서 진지함이 느껴졌다. 머릿속은 엉킨 실타래처럼 뒤엉켰다. 천만 원이면 큰돈이다. 입안이 바짝바짝 말랐다. 받아! 주겠다는데 왜 마다하냐? 자꾸 마다하고 사양하는 것도 예의가 아니야. 누군가 내 귀에 대고 속삭였다. 그 소리가 달콤했다.

'주소를 알려 달라고 해서 택배로 보내 주면 되겠지. 아니지, 일단 돈부터 달라고 해야 하나. 구두만 받고 오리발 내밀면 곤란하잖아?'

머리를 굴리다 멈칫했다. 먼저 소라에게 연락해야 했다. 구두는 소라가 가지고 갔다. 구두를 도로 달라고 하면 순순히 줄까? 다른 걸로, 훨씬 좋은 거로 사 준다고 하면 돌려주지 않을까? 됐다고 다른 거 필요 없다고, 그냥 신겠다고 하면 뭐라고 하지? 천만 원 얘기를 하고 반씩 나누자고 해야 하나?

어디로 받으러 가야 할지 알려 주세요.
받는 즉시 계좌로 쏘겠습니다.

어쩔 줄 몰라 하고 있는데 재촉하는 문자가 왔다.

'계좌?'

통장이 있긴 있지. 하지만 그 통장은 이름만 내 거지 엄마 거나 마찬가지다. 초등학교 때부터 쭉 엄마가 관리해 오고 있다.

'새 통장을 하나 만들까?'

하지만 불가능할 거 같았다. 대포 통장이니 뭐니, 사기꾼들 때문에 선량한 사람들도 통장 만들기가 어렵다는 말을 인터넷에서 본 거 같았다. 돈을 주겠다는데 일이 복잡했다.

'잠깐. 소라는 통장이 있지 않을까. 일단 소라에게 전화하자.'

나는 돈을 소라와 나누기로 결심하고 소라에게 전화했다.

"뭐하냐?"

"왜? 지금 티셔츠 입고 구두 신어 보고 있는데."

"그냥 뭐 하나 궁금해서 전화한 거지. 구두 신어 보고 있었구나? 야, 황소라. 그 구두 너무 낡지 않았냐?"

"뭔 소리야? 나는 마음에 아주 쏙 든다. 깔 맞춤 제대로
야. 나 바쁘니까 끊어."

소라는 전화를 뚝 끊어 버렸다. 나는 다시 전화를 했다.

"아, 왜에? 뭐 하는지 알았잖아? 다른 용건 있어?"

애가 쌀쌀맞기는! 사귀는 사이에 꼭 용건이 있어야 전
화하는 건가. 무슨 애가 전화한 용건을 이렇게 팍팍하게
따지고 드는지 모르겠다. 그냥 자연스럽게 대화를 나누면
좀 좋아. 문자로 할 걸 그랬나? 아니지, 이런 걸 문자로 남
기면 위험하지.

"뭐 하는지 궁금하기도 하고, 또……."

"또 뭐? 나 바쁘단 말이야."

"너 통장 있지?"

소라가 또 전화를 끊을까 봐 서둘러 말했다.

"통장? 있지, 그런데 왜?"

"그거 누가 관리하냐? 너희 엄마가 관리하는 통장이냐?"

"관리? 돈이 뭐 그렇게 많다고 엄마가 관리씩이나? 어
디 처박혀 있겠지. 그런데 왜?"

자꾸 왜, 왜 하니까 마음이 조급해졌다.

"네가 알아서 네 마음대로 해도 되는 통장인 거네?"

"……."

갑자기 전화기 저편이 조용해졌다.

"혹시 내 통장 빌려 달라고?"

잠시 후 소라가 말했다. 헉! 말도 안 했는데 그걸 어떻게 알았을까?

"누가 통장에 돈 넣어 준대?"

나는 너무 놀라 숨이 턱 막혔다. 혹시 요즘에 중학생들 사이에 통장을 빌려주고 빌려 쓰는 게 유행인가? 뭐, 그럴 수도 있겠다. 중고로 거래를 하려면 돈을 계좌로 주고받아야 하는 일이 많다.

"내가 받을 돈이 있거든. 네 통장을 빌려주면 내가 받는 돈의 30퍼센트를 너한테 줄게. 자그마치 천만 원의 30퍼센트야."

절반으로 말하려고 마음먹고 있었는데 나도 모르게 30퍼센트라고 말했다. 말하고 나서 내가 참 찌질하고 치사하다는 생각이 들었다.

"천만 원의 30퍼센트? 그렇게 큰돈을 나한테 왜 줘? 통장을 빌려주는 값?"

일일이 설명해 주지 않아도 척척 알아들으니까 아주 편했다.

"맞아. 세상에 공짜가 어디 있냐?"

"풋!"

소라가 웃었다. 그래, 돈이 삼백만 원이 들어온다는데 웃음이 나야 정상이지. 나는 소라를 따라 웃었다.

"오신우. 너는 지금 웃음이 나오냐? 멍청하긴! 아휴, 내가 너랑 사귀는 사이라는 게 쪽팔린다. 나는 있잖아. 보이스 피싱에 홀딱 넘어가서 자기 신분증이랑 통장을 빌려주는 그런 멍청한 짓을 누가 하나, 되게 궁금했거든. 지금 당장 돈을 현금으로 찾다가 냉장고 안에 넣어 두라는 말에 시키는 대로 하는 사람이 있다고 그러잖아? 나는 그런 거 다 뻥인 줄 알았거든. 그런데 딱 너 같은 사람들이 그렇게 하겠다. 바보인 거니, 세상 물정을 모르는 거니?"

"야! 내가 미쳤냐? 냉장고에 돈을 넣어 놓게?"

"됐고. 나는 30퍼센트 필요 없으니까 너 혼자 다 먹어. 나는 통장 빌려주고 범죄에 연루되고 싶지 않아. 너랑 나란히 잡혀서 경찰서에 잡혀가고 싶지 않다고."

경찰서에 잡혀가다니? 애가 뭔 말을 이렇게 극단적으

로 한담?

"그게 아니고 있잖아. 사실은 그 구두. 그 구두 말이야. ……."

구두를 판다는 말이 얼른 나오지 않았다.

"누가 구두값으로 천만 원을 주겠대?"

"헉. 어떻게 알았냐?"

완전 소름!

보통의 사람들은 중고 마켓에서 산 구두와 천만 원을 저렇게 쉽게 연결하지 못한다. 애가 금방 신내림을 받은 무당도 아니고 하는 말마다 다 알고 있는 거처럼 말하냐? 얼마 전에 엄마가 형 때문에 점 보러 다녀온 적이 있었다. 신내림을 받은 지 채 한 달도 되지 않은 무당이었는데 그야말로 소름이 돋을 정도로 형에 대해 속속들이 알고 있었다고 했다. 그 무당이 울고 가게 생겼다.

"천만 원 준다는 말을 믿냐? 멍청한 놈."

소라는 전화를 뚝 끊었다.

욕을 얻어먹은 것보다 더 억울한 것은 내 말을 소라가 믿지 않는다는 사실이었다. 나는 받은 문자를 캡쳐해서 소라에게 보냈다. 소라는 대답이 없었다. 시간이 지나면서 다시 초조하고 조급해졌다. 이러다 천만 원이 날아가 버리면 어쩌나 걱정이 되었다. 만져 보지도 못한 그 천만 원이 꼭 내 돈 같았다. 받지 못하면 평생 동안 한을 품고 살아가야 할 거 같았다. 소라에게 몇 번 더 문자를 보냈지만 소라는 여전히 대답이 없었다.

저녁때쯤 그 사람에게 문자가 왔다.

> 오늘 중으로 구두를 받을 수 있으면 좋겠습니다.
> 어디로 갈까요?

내가 답 문자를 보내지 않자 잠시 후 다시 몇 시에 어디로 가면 좋겠느냐고 또 문자가 왔다. 소라는 답이 없는데 그 사람은 자꾸만 오겠다고 했다.

> 오늘은 제가 바쁜 일이 있어서 안 되고요.
> 다시 문자 하겠습니다.

나는 문자를 쓰고 보내기를 누르려다 멈칫했다. 이런 식으로 보냈다가 '팔기 싫으면 관두세요. 이제 나도 지쳤어요.' 이러면 곤란했다.

> 오늘은 제가 무지하게 바쁜 일이 있거든요.
> 내일 연락할게요. 구두는 잘 있습니다.

나는 썼던 문자를 지우고 다시 이렇게 쓴 다음 보내기를 눌렀다. 다급하게 소라에게 다시 문자를 보냈다.

> 소라야. 내가 생각해 봤는데 있잖아.
> 내가 70퍼센트를 갖는 건 좀 아니더라고.
> 딱 반! 반이 맞는 거 같아.

그래도 대답이 없었다.

'내가 30퍼센트 갖고 소라에게 70퍼센트를 줄까?'

고민하고 있을 때 드디어 소라에게 문자가 왔다.

> 너 혹시 나한테 구두 사 준 거 후회하는 거냐?
> 갑자기 그럴 수도 있다는 생각이 확 든다.
> 한 번만 더 구두 달라고 하면 가만 안 둬.

나는 더 이상 아무 말도 못 했다. 잘못하다가는 절교하자는 통보를 받을 수도 있을 거 같았다.

30일 기념일에
생긴 일

언제 어디로 가면 만날 수 있느냐는 문자는 사흘 동안 줄기차게 왔다. 문자를 받을 때마다 내 속은 바짝바짝 타들어 갔다. 소라가 빨간 구두를 내놓지 않는 이상 천만 원은 물 건너 간 거나 마찬가지다. 나는 소라 앞에서 감히 빨간 구두 얘기를 꺼내지 못했다. 이맛살을 잔뜩 찡그린 소라 표정만 봐도 심장이 얼어붙는 듯했다.

밤마다 소라에게 구두를 억지로 빼앗는 꿈을 꿨다. 꿈을 꾸다 눈을 번쩍 뜨면 나는 두 주먹을 불끈 쥐고 있었는데 온몸이 쥐가 날 정도로 뻣뻣했다. 내 돈 천만 원을 누군가에 빼앗긴 듯 억울하기도 하고 허탈하기도 했다.

"애가 얼굴이 왜 이래? 저도 성적에 신경이 쓰이나 보네? 하긴 성적에 신경 안 쓰면 그게 부모 등골 빼는 나쁜 놈이지. 그나저나 얼굴이 영 엉망진창인데 아무래도 영양제라도 사 먹여야 하나? 홍삼이 좋을까? 아니지, 돈 좀 쓰는 김에 화끈하게 써서 흑삼을 먹여 볼까?"

아침에 식탁 앞에 앉아 있는데 밥을 퍼 주던 엄마가 내 얼굴을 뚫어져라 바라보며 말했다. 홍삼이니 흑삼이니 영양제니 하는 건 엄마가 형에게 줄곧 해 왔던 단골 멘트였다.

"공부하는데 뭐라도 먹여야지. 흑삼 좋지. 사는 김에 내 것도 살짝 얹어서 같이 좀 사. 나도 흑삼 먹고 힘내서 열심히 일하게."

아빠가 말했다.

"뭔 일을 흑삼까지 먹어 가며 열심히 하려고 그래? 연봉은 삼 년째 제자리걸음인데? 됐고, 오신우! 너 흑삼이 좋으니, 아니면 한입에 꼴깍꼴깍 넘길 수 있는 영양제가 좋으니?"

아빠 말을 단박에 자른 엄마는 숟가락을 내 손에 쥐어 주며 물었다. 대놓고 같이 사라는 말도 아니고 살짝 얹어서 사라고 조심스럽게 말하는데 그 말을 야박할 정도로 잘라 버릴 것까지야. 나는 고개를 숙인 채 숟가락질을 하는 아빠를 물끄러미 바라봤다. 나한테 천만 원이 있다면 아빠에게 흑삼을 한아름 사서 안기고 싶었다. 나는 아빠 마음을 알 수 있었다. 엄마가 형에게 "갈비 먹을래, 불고기 먹을래?" 물어볼 때나 "치킨 먹을래, 피자 먹을래?" 물어볼 때 갈비 먹고 싶다고 말했다가 욕만 실컷 먹은 적이 수없이 많았고, 치킨 먹고 싶다고 했다가 등짝을 맞은 적도 있었다. 무슨 갈비에 치킨까지 먹어 가며 무위도식할 고민을 하느냐고 말이다. 무위도식이라니? 나는 엄연한 학생이다. 그것도 세상에서 제일 바쁘다는 대한민국의 학생이다. 하지만 형 때문에 아들에 대한 만족도가 높은 엄마는 내가 학생이라는 사실을 잊고 있는 듯했었다.

"왜 갑자기 나한테 잘해 주고 난리야?"

나는 시큰둥하니 말했다. 솔직히 이유는 알지만 엄마가 잘해 주면 잘해 줄수록 부담스럽다.

"어머, 엄마가 아들한테 잘해 주는 거야 당연한 거지."

엄마가 다정하게 웃었다. 그동안은 형에게만 보여 주던 웃음이었다.

'오늘 분위기 좋은데 통장 얘기 한번 해 볼까?'

갑자기 든 생각이었다.

'이제부터 내 통장은 내가 관리해 보려고. 되게 유명한 경제 전문가가 그러는데 되도록 어렸을 때부터 자기 돈은 자기가 관리하는 게 나중에 부자가 되는 데 도움이 된대. 나는 이미 늦은 거라고 볼 수 있지. 지금부터라도 열심히 한번 해 볼게.'

이렇게 말하면 들어주지 않을까?

"엄마."

"응. 그래, 뭐? 흑삼? 아니면 영양제?"

"그, 그게…… 엄마. 그런 건 됐고, 통장…….''

"통장? 엄마 통장에 돈 없을까 봐? 그래도 신우 네가 현실을 좀 보긴 보네. 통장이 텅 비었지. 그래도 아들을 위해서라면 엄마가 무슨 수를 써서라도 흑삼 정도는 먹일 수 있어. 어디 가서 알바를 하더라도. 아닌 말로 신우 너를 여태 비싼 학원에 보내 보기를 했나. 비싼 과외를 시켜 보기를 했나. 내가 그놈에게 올인 하느라고 너는 늘 찬밥 신세였지. 엄마 아빠가 잘해 준 것도 없는데, 그깟 흑삼."

무슨 알바씩이나. 빈말도 심하게 한다. 엄마가 내게 먹일 흑삼값을 벌기 위해 알바를 한다고 하면 믿어 줄 사람은 아무도 없을 거다.

엄마가 말하는 그놈은 형이다. 우리 큰아들, 우리 큰아들 그렇게 불리던 형이 어느 날 갑자기 그놈이 되어 버렸다. 형에 대한 마음은 절대 변할 거 같지 않던 엄마였다. 그런데 그 마음이 놀라울 정도로 싸늘하게 변했다. 사람이 사람에게 실망할 때 얼마나 차갑게 돌아설 수 있는지 알 수 있었다. 나는 더 이상 통장 이야기를 할 수 없어서 조용히 일어났다.

"어디 가려고?"

엄마가 물었다.

"학교."

"오늘 공휴일인데? 5월 5일 어린이날."

"오늘이 어린이날이야? 그럼 진작에 말을 해 주어야지. 일찍 일어났는데도 모른척하고 밥까지 일찍 차려 주고 말이야. 아, 겨우 일어났는데 잠이나 더 자야겠다."

아빠는 숟가락을 놓고 방으로 직행했다. 일찍 일어난 게 무지하게 억울해 보였다.

나도 방으로 들어와 침대에 엎어졌다. 천만 원 때문에 신경 쓰느라고 공휴일인 것도 깜박했다. 그때 휴대폰이 울렸다.

> 뭐 하냐?

소라였다. 며칠 동안 본 척도 안 하더니 갑자기 웬 문자? 가슴이 쿵쿵 뛰었다. 며칠을 쭉 생각하고 고민한 결과 돈에 욕심이라도 생긴 건가. 그래, 천만 원의 50퍼센트면 오백만 원. 오백만 원에 흔들리지 않는다면 사람이 아니지.

> 그냥 있지 뭐.

> 신우 너 요트 타 봤어?

> 요트?

갑자기 뭔 요트? 우리같이 평범한 사람들도 요트를 탈 수 있나? 텔레비전에서 보면 요트는 외국 왕가의 자손이나 재벌들이 타던데.

> 지하철 타고 40분만 가면 요트 타는 곳이 있거든?

그 귀한 요트가 내가 사는 곳에서 40분 거리에 있다니 놀라웠다.

오늘 타러 가자!

요트를 타러 가자니 애가 제정신인가? 나는 답 문자를 보내지 못한 채 한참 동안 소라가 보낸 문자를 쏘아봤다. 그러다 정신이 번쩍 들었다. 천만 원을 받아서 요트 타러 가자는 말이 분명했다. 그래, 가자. 설레는 마음으로 문자를 보내려는 바로 그 순간 소라가 또 문자를 보냈다.

두 달 전에 요트 탑승권을 선물 받았거든.
그러니까 신우 너는 돈 걱정하지 말고 와.

'소라네 집이 부자인가?'

그래서 천만 원 소리를 듣고도 꿈쩍하지 않았을 수 있다. 요트 탑승권을 선물로 주고받는 클래스라면 우리 집과는 차원이 다른 집안 같기도 했다.

'그런데 왜 나랑 타러 가자고 하는 거지? 사과하는 뜻인

가. 멍청한 놈이라고 해 놓고 소라 저도 미안했겠지.'

소라에게 남친 대접을 제대로 받는 거 같아 기분이 좋아졌다. 오신우, 내 인생에 요트라니! 꿈에도 상상해 보지 못한 일이었다. 역시 잘 나가는 여친을 사귀니까 상상하지 못했던 일들이 밀물처럼 밀려드는구나.

'요트를 탈 때 의상은 뭐가 좋나?'

나는 옷장을 열고 옷가지를 뒤적이다 멈췄다. 뭔가 알 수 없는 불안한 기운이 머릿속으로 스멀스멀 들어왔다.

'혹시 오늘이 무슨 날인가?'

소라 성격에 절대 먼저 사과할 아이가 아니다. 그렇다면 소라 생일인가? 아니지, 소라 생일은 겨울이다. 눈이 쏟아져 눈사태가 나던 날 할머니가 살고 있는 시골 병원에서 태어났다고 소라가 그랬었다. 하필이면 눈사태가 나는 날 태어나는 바람에 도로가 막혀 소라 할아버지도, 그리고 소라 아빠도 병원에 오지 못했다고 했다.

'그럼 뭐지?'

여친을 잃지 않는 법 1조 2항! '중요한 날을 잊으면 끝난다.' 오징어 다리 상훈이가 한 말이다. 그렇다고 해서 '오늘이 무슨 날?'이냐고 대놓고 묻는 일은 '나를 죽여 주세요.'라고 말하는 것과 같다고 했다. 아무리 생각해도 5월 5일은 나와 소라 사이에 어떠한 연관도 없었다. 그렇다면 천만 원에 대해 진지하게 이야기를 나누고 싶은 건가? 그럴 수도 있겠다. 보이스 피싱이라고 큰소리를 쳤지만 만약 보이스 피싱이 아닐 수도 있다는 생각을 했다면 등골이 서늘해졌을 거다. 한순간에 오백만 원이 생길 수도 날아갈 수도 있으니까 말이다. 긴가민가하니까 확인을 제대로 해 보자고 마음먹었을 수도 있다.

소라는 빨간 티셔츠에 빨간 구두를 신고 빨간색에 아주 가느다란 흰 줄이 있는 짧은 스커트를 입고 있었다. 짧은 스커트가 보기에도 아슬아슬했다. 바람이라도 획 불면 어쩌려고. 생각만 해도 아찔했다.

"요트 탑승권 비쌀 텐데……. 아무리 선물로 받은 거라지만 황송해서 어쩌나."

나는 진심으로 말했다.

"요트를 사는 것도 아니고 30분 정도 타는 건데 비싸기는 뭐가 비싸? 몇만 원밖에 안 해. 5월 가정의 달에는 할인 행사도 엄청 많이 한다더라. 그럴 때는 똥값이 되는 거지."

"그으래?"

언제부터 요트가 이렇게 대중화가 되었지? 나는 왕실의 사람들과 신의 선택을 받은 가문의 사람들만 즐길 수 있는 건 줄 알았다. 똥값이라는 말을 듣자 어쩐지 시시하다는 생각도 들었다.

"예쁘지?"

소라가 빨간 구두를 신은 한쪽 발을 번쩍 쳐들며 물었다. 고개를 끄덕이는데 저 구두가 어딜 봐서 천만 원을 주겠다느니 어쩌느니 할 정도의 가치가 있는 건가? 문득 그런 생각이 들었다.

"안 예쁘다고?"

소라가 인상을 썼다.

"예뻐. 고개를 끄덕였잖아?"

"고개를 끄덕이는데 영혼이 안 들어 있잖아?"

여친 지키기 1조 3항! '여친이 하는 말에 대답할 때는 영혼을 갈아 넣어라!' 깜박했다. 나는 고개가 떨어질 듯 끄덕였다. 그제야 소라는 만족한 표정이었다.

구명조끼를 입고 나자 요트에서 신는 실내화로 갈아 신으라고 했다. 실내화로 갈아 신었으면 구두는 신발을 놓는 곳에 두면 될 텐데 소라는 빨간 구두를 두 손으로 소중히 들었다. 내가 사 준 구두를 저렇게 소중히 여기는 건 말할수 없이 뿌듯하지만 혹시라도 바다에 빠뜨리면 어쩌나 걱정도 되었다.

"날씨도 좋고 신난다."

소라가 팔짝거리며 앞장섰다. 소라가 신나 하니까 나도 덩달아 신났다. 히죽거리며 소라 뒤를 따라가는데 갑자기 바람이 불었다. 소라 스커트가 획획 날렸다. 당장이라도 홀라당 뒤집어질 거 같았다. 조마조마했다.

"바다에 오니까 좋지?"

소라가 물었다.

"응."

영혼을 갈아 넣어 힘차게 대답했다.

"그런데 바다에 오니까 바람도 세게 분다."

나는 소라가 스커트를 잡아 주길 바라며 말했다.

"2층으로 가자. 2층으로 가면 더 멋지대!"

소라가 앞장서서 계단을 올라가는 순간 스커트가 뒤집어지려고 했다. 나는 재빨리 스커트를 잡았다.

"으악! 뭐야?"

소라가 비명을 지르며 돌아봤다. 소라가 비명을 지르는

바람에 나도 덩달아 놀라 잡고 있던 소라 스커트를 당겼다. 소라가 휘청거렸다. 소라는 다시 비명을 질렀다. 순간 소라가 들고 있던 빨간 구두 한 짝이 바다로 떨어졌다. 나와 소라는 바다에 둥둥 떠 있는 빨간 구두를 멍하니 바라봤다. 믿을 수가 없었다. 어떻게 이런 일이 순식간에 일어날 수 있는지.

"어떻게 할 거야? 네가 내 다리를 잡으려고 해서 내가 피하다가 구두를 떨어뜨린 거잖아?"

소라가 말했다. 무슨 그런 벼락 맞을 소리를?

"아, 아, 아, 아니거든!"

당황해서 말이 더듬어졌다.

"아니긴 뭐가 아니야? 왜 남의 다리를 잡으려고 해? 왜 내 다리 잡으려고 했느냐고?"

"아, 아, 아니라고."

"잡으려고 해 놓고 아니라고 하면 다야?"

미치고 팔딱 뛸 노릇이었다.

"오늘이 오신우 너랑 사귄 지 30일 되는 날인데 30일 기념일이 헤어지는 날이구나?"

소라가 말했다. 아, 오늘이 30일 기념일이었구나.

"어이가 없어서 말도 안 나온다. 나는 오신우 네가 그럴 줄 몰랐다. 나는 네가 착해서 사귀려고 마음먹은 거라고. 그런데 어쩜 속담이 딱 맞냐? 얌전한 고양이가 부뚜막에 날름 올라간다는 속담이 있다더니. 절대 그럴 거 같지 않던 오신우가 어쩜 그럴 수가 있냐?"

고양이가 어쩌다가 부뚜막에 날름 올라갔는지는 모르겠지만 나는 그런 속담도 모르고 나와 그 고양이가 뭔 상관이 있는지도 모른다. 그런데 착해서 사귀었다니? 사귀는 것은 좋아야 사귀는 거다. 나는 소라 말이 슬프기도 하고 충격적이기도 했다. 자존심도 상했다. 그래, 헤어지자. 일단 헤어지는 날이 멋져서 좋다. 날씨도 좋고 기억하기도 좋게 5월 5일이다. 뭐, 굳이 기억할 필요는 없겠지만. 아무튼 30일 기념일에 바다 위 요트에서 헤어지는 사람 있으면 나와 보라고 해라.

"좋아, 헤어지자."

"뭐?"

"헤어지자며? 헤어지자고."

"기막혀. 뭘 잘했다고 큰소리야? 남의 다리 잡으려고 한 놈이!"

소라가 허공을 향해 콧방귀를 날리며 말했다.

"솔직히 말할까?"

나는 도저히 참을 수가 없었다.

"그래, 솔직히 말해 봐라. 왜 내 다리를 잡으려고 했는지?"

"솔직히 말하면 나는 네 다리 같은 다리 안 좋아한다. 알았냐?"

말을 하는데 이런 말을 해서는 안 될 거 같은 생각도 들었지만 너무 화가 나서 참을 수가 없었다.

"너 후회 안 하지?"

소라 얼굴이 시뻘게졌다.

"안 한다."

"진짜지?"

"그래, 진짜다."

"너, 나랑 헤어지면 다른 여자아이랑 사귈 수 있다고 생각하니? 설마 그런 생각을 하는 건 아니지?"

"그건 네가 신경 쓸 게 아닌 거 같은데?"

"그래, 네가 누굴 사귀든 말든 늙어 죽을 때까지 여친이 있든 없든 내가 신경 쓸 일은 아니지."

뭐, 늙어 죽을 때까지? 악담을 해라, 악담을.

"소라 네가 모르는 모양인데 나는 꿈이 있거든. 내가 좋아하는 여자 만나서 알콩달콩 사귀다가 결혼도 하고 아들도 낳고 딸도 낳고 행복하게 사는 거다."

"그래? 아들딸 실컷 낳고 잘 살아라."

소라가 쏘아붙였다. 실컷 낳으라는 말뜻이 도통 이해가 되지 않았다. 많이 낳으라는 뜻 같기도 하고 다른 뜻 같기도 하고. 덕담인지 악담인지 그것도 아리송했다.

"실컷 낳으라는 게 무슨 뜻이냐?"

소라는 대답 대신 눈을 흘겼다.

"말하기 싫으면 관두고."

나는 앞을 바라봤다. 한참 바다를 바라보고 있는데 저만큼 앞에서 뭔가가 수면 위로 올라갔다 내려갔다 하는 게 보였다. 빨간 구두였다. 수영을 할 줄 알면 당장이라도 바다로 뛰어들고 싶었다. 바로 그 찰나였다. 바다 위로 쏟아져 내리는 햇살이 수백 개의 찬란한 물보라를 일으키며 부서졌다. 그러고는 부서지는 물보라 사이로 뭔가 떠올랐다. 물고기 꼬리였다. 머리 부분은 바닷속에 있고 꼬리 부분이 물보라를 일으키며 세차게 파닥거렸다. 크기는 딱 돌고래 수준이었지만 색깔이 옅은 베이지색이었고 비늘이 선명하게 빛났다.

"무슨 물고기가 저렇게 크지?"

라고 생각하는 바로 그 순간이었다. 꼬리 부분이 바다로 들어가며 머리 부분이 수면 위로 떠올랐다. 머리 부분이 수면 위로 떠오른 순간은 아주 찰나였다. 그 찰나의 순간에 나는 옅은 베이지색 비늘이 선명하게 빛나는 그 물고기의 머리 부분을 봤다. 나는 내 눈을 의심했다. 긴 머리의 사람이었다.

"저, 저, 저기……."

나는 소라 어깨를 쳤다.

"저기 긴 머리 여자!"

말하는 순간 빨간 구두도 긴 머리 여자 머리도 사라졌다.

"뭐?"

"머리가 이따만큼 긴 여자가 저기 바다에……."

"지랄을 하세요."

소라가 내 손을 뿌리쳤다.

소문

소라에게 문자가 오면 속뜻을 알아내려고 애쓰지 않아도 되었고, 소라 비위를 맞추려고 긴장 세포들이 온몸을 휘젓고 다니지 않아도 되었지만 이상하게 슬펐다. 복도를 걸어갈 때 소라가 쌩하니 스쳐 지나가는 것도 슬펐고 교실에 앉아 있는 소라 뒷모습을 보는 것도 슬펐다. 이러다 슬퍼서 죽으면 어쩌나 걱정이 될 정도로 슬펐다. 하지만 슬픈 것보다 더 기막힌 일이 일어났다.

소라와 요트 위에서 헤어지고 나서 정확히 3일 뒤 내가 소라 다리를 만지려다가 차였다는 소문이 퍼졌다.

"신우 너 미쳤냐?"

상호가 미쳤느냐고 묻는데 발가락 끝에 있는 피까지 모

두 머리로 솟구치는 느낌이었다. 사람이 슬퍼서 죽을 수도 있지만 억울해서 죽을 수도 있다는 생각이 들었다.

"아니거든?"

"아니긴 뭐가 아니야? 그럼 소라가 거짓말한다는 거냐? 왜? 왜 소라가 그런 거짓말을 해? 오신우, 너는 그러면 안 되지."

듣다 보니 화가 났다. '오신우 너는 그러면 안 되지.'라니? 그러지도 않았지만 왜 나는 그러면 안 되는데? 사귀는 사이에 그 정도도 못 하냐? 솔직히 소라는 다른 아이들과 사귈 때 보란 듯 손잡고 다녔다. 3학년 선배 김나성과 사귈 때는 서로 허리를 감싸고도 다녔다. 진짜 다리를 만지려고 했다고 해도 (절대 아니지만!) 이 정도로 아이들 눈총을 받고 미쳤느냐는 소리까지 들어야 하는 건가.

"아니라고!"

나는 책상 위에 놓인 연필을 집어던졌다. 상호가 피하는 바람에 연필이 허공을 몇 바퀴 돌고 교실 바닥에 떨어졌다. 그때 머리칼로 얼굴이 다 가려진 여자아이가 내 연필을 집어 들고 오더니 내 책상 위에 놔 주었다. 머리가 얼굴 전체를 가려서 누군지 알아볼 수 없었다. 우리 반에 저런 아이가 다 있었나?

나는 아이들에게 시달렸다. 나중에는 아니라고 억울하다고 말할 기운도 없었다.

아침에 눈을 뜨면 오늘 또 하루를 어떻게 보내나 걱정이 밀려왔다. 이런 식으로 억울한 상태로 계속 살 수는 없을 거 같았다. 나는 상호에게 진지하게 의논했다.

"나 억울해서 죽을 거 같다. 나는 내 명예를 걸고 말하는데 소라 스커트가 날리려고 해서 잡아 주려고 했을 뿐이야. 가만 보고 있을 수는 없잖아. 스커트가 확 날리는데 상호 너라면 가만히 보고만 있었겠니?"

"당연히 가만 보고 있으면 안 되지. 여친 스커트가 날리는데 가만있으면 이상한 놈이지. 좋아. 나는 내 친구 오신우, 너를 믿는다. 믿어!"

상호 말에 눈물이 나올 거처럼 고마웠다.

"하지만 오신우! 내가 너를 믿어 주는 건 지금 그렇게 중요하지 않아. 문제는 소라야, 소라. 뭔지 모르지만 오신우 네가 소라를 열받게 했을 거야. 그러니까 소라와 이야기해 보고 열받게 했으면 사과해야 소라가 더 이상 그 말을 안 할 거야. 다른 방법은 없어. 소문이 지금은 우리 반에 살살 퍼졌지만 핵태풍급이 되어 전교생이 다 아는 건 순간이야. 태풍이 되기 전에 막아야지. 하지만 무턱대고 사과하면 안 되고 네가 뭘 잘못했는지 정확히 알고 사과 해야지. 미안하다고 무턱대고 말하면 뭐가 미안하냐고 물을 거거든. 다 미안하다고 하면 사과할 마음도 없으면서 사과한다고 성질을 부릴 거야. 내가 여자아이들에 대해 몇 년 동안 연구한 결과야."

"나는 잘못한 거 없다니까! 여태 말했잖아? 잘못한 게 없는데 뭘 정확히 알아내?"

"야, 완전 답답. 다시 한번 말하지만 네가 잘못한 게 없는 게 중요한 게 아니야. 소라의 생각이 중요한 거지. 소라가 잘못했다고 생각하면 잘못한 거야. 좀 어렵지? 나도 여자아이들에 대해 연구하면서 참 황당했던 적이 많아. 같은 사람인데 남자아이들과는 달라도 너무 많이 다르거든. 아무튼 오신우, 이건 친구로서 내가 해 줄 수 있는 최선의 조언이야. 솔직히 안타깝다. 어쩌다가 인생 첫 번째 여친이 소라냐? 그러기에 내가 처음에 반대했었잖아? 소라는 너를 좋아하는 게 아니라고 그렇게 말했는데도 듣지 않더니. 휴, 자칭 오징어 다리인 형님이 말하면 들었어야지."

상호는 굳이 하지 않아도 될 말까지 했다.

"아무튼 여친 다리를 슬쩍 만지려다 차인 나쁜 놈 되기 싫으면 잘못한 게 없어도 사과하는 편이 현명해."

상호가 '슬쩍'이라는 말을 하는데 발바닥이 간지러워졌다. 진짜 기분 나쁜 말이었다. 다른 방법이 없다는데 할 수 없었다. 나는 소라에게 문자를 보냈다.

> 일요일에 잠깐 만나자.

> 내가 다리 만지려고 하는 놈을 왜 만나냐?

다리 얘기 좀 빼면 안 되느냐고 달려들고 싶은 걸 간신히 참았다.

> 물어볼 말이 있어. 꼭 좀 만나자.

나는 예의라는 예의는 다 갖춰 한 글자 한 글자 간절한 마음으로 공손히 썼다. 애걸복걸 매달린 결과, 약속 시간을 정했다. 소라는 일요일에 종일 학원 보충을 해야 하기 때문에 8시가 되어야 시간이 난다고 했다. 학원이라고는 달랑 수학 학원 한 군데 다니고 그 수학 학원은 절대로 보충 같은 게 없어서 환상적이라고 제 입으로 말해 놓고도 깜박한 모양이다. 하지만 따질 처지가 아니었다.

> 학원 끝나고 바로 만나려면 학교가 좋겠다.
> 학교 운동장 8시.

> 학교?

의외의 장소였다.

> 싫어?

> 아니, 싫기는. 좋다!

나는 끝까지 평정심을 잃지 않았다.

일요일 오후에 접어들면서 긴장이 되었다. 억울해도, 자존심이 상해도, 슬퍼도 참아야 한다! 참아야 한다! 나는 스스로를 다독였다.

7시 30분이 됐을 때 집에서 나왔다. 낮에는 잔뜩 흐렸었는데 어느새 날이 개어 달이 둥실 떠올랐다. 보름달에서 약간 모자란 찌그러진 달이었다. 달을 보니 문득 내가 저 달을 닮았다는 생각이 들었다. 남들은 여친과 알콩달콩 잘도 사귀는데 그것조차도 못 하는 한쪽이 비정상으로 찌그러진 아이 같았다.

찌그러진 달을 보며 학교로 향했다.

"밤에 왜 하필 학교에서 만나자고 한담?"

우리 학교는 산 아래에 자리 잡고 있는데 아파트와 주택이 오밀조밀 모여 있는, 동네와는 좀 떨어진 곳이다. 원래는 학교 자리에도 아파트가 들어설 예정이었지만 공동묘지 터라서 중간에 계획이 철회되고 학교 부지로 변했다는 소문이 있었다. 공동묘지 터에 아파트를 짓는 거는 안 되고 학교는 되는 모양이었다. 소문은 그저 소문에 불과할 수도 있지만, 그 소문 때문인지 비가 부슬부슬 내리는 날에 화장실에 가면 뭔지 모를 섬뜩함이 등에 느껴진다. 누군가 뒤에 서서 나를 지켜보고 있는 느낌이다. 그 순간에는 돌아보고 싶어도 절대 돌아볼 수 없다. 나뿐만 아니라

많은 아이들이 그런 얘기를 했다. 특히 학교 뒤편 1층에 있는 화장실에는 시시때때로 귀신이 출몰한다는 말이 있어서 그곳은 청소하러 가지도 않는다. 서서히 내려오는 어둠 속에 학교가 괴물처럼 버티고 서 있었다.

'헉!'

교문 앞에 도착해 소라에게 전화하려고 주머니에 손을 넣는 순간 휴대폰을 가져오지 않은 걸 알았다. 운동화 끈을 묶으려고 신발장 위에 올려놨었는데 그냥 왔다.

"약속했으니까 8시가 되면 오겠지."

교문은 잠겨 있었지만 옆에 작은 문은 열려 있었다. 운동장 구석에 자리를 잡고 앉았다. 찌그러진 달이었지만 보름달에 가까운 달빛에 운동장은 환했다. 얼마 후 교문 안으로 사람의 실루엣이 나타났다. 한 명이 아니라 두 명이었다. 둘은 성큼성큼 운동장 가운데로 걸어왔다. 남자아이들이었다. 운동장 중간에 선 둘은 마주 보더니 갑자기 치고받고 싸우기 시작했다. 상상도 하지 못한 장면에 나는 당황해서 농구대 뒤로 몸을 숨겼다.

달빛이 둘의 모습을 비췄다. 얼핏얼핏 얼굴이 보였다. 둘 다 낯은 익었지만 누군지 떠오르지는 않았다. 시간이

지나면서 한 명이 샌드백 수준으로 맞았다. 저러다 맞아 죽으면 어쩌나 걱정이 될 정도였다. 그렇다고 해서 나가서 말릴 수는 없었다. 112 신고가 제일인데 하필이면 휴대폰을 가져오지 않다니. 나는 싸우는 걸 보면서도 계속 교문을 힐끔거렸다. 이때 소라가 나타나면 위험해질 수도 있을 거 같았다. 나는 운동장을 기어 교문으로 갔다. 느낌상 8시는 훨씬 지난 거 같았다. 소라가 오지 않을 거라는 결론을 내림과 동시에 나는 집을 향해 달렸다.

'신고를 해야 하나?'

집에 돌아와 휴대폰 잠금 장치를 풀었다. 부재중 전화와 문자가 와 있었다.

> 전화를 안 받네? 아무리 생각해도
> 다리를 만지려고 한 놈을 만나는 건
> 옳지 않은 거 같다.

7시 58분에 부재중 전화가 떠 있었고 문자가 온 시간은 8시였다. 상식적으로 생각해도 8시 약속이면 그 시간에는 이미 운동장에 나가 있을 거라는 생각이 안 드나? 연락을 하려면 더 일찍 했어야지. 이건 나를 무시하는 거라는 생각이 들었다.

> 아이고, 너도 안 나갔냐? 다행이다.
> 나도 친척 할아버지가 갑자기 돌아가셔서
> 못 나갔거든. 급박한 일이라 연락도 못 했네.

누군 자존심도 없는 줄 아나. 문자를 보내고 났는데 그래도 분했다.

> 빨간 구두 한 짝은 돌려줘라. 원래 헤어지면
> 선물도 돌려주어야 하는 거 아니냐?

좀 치사하기는 했지만 이렇게라도 해야 자존심이 약간이라도 살 거 같았다.

시간이 지나고 목 밖까지 솟구쳐 오르려던 화가 누그러지자 후회가 밀려오기 시작했다. 조금만 참을걸. 그깟 자존심이 뭐라고. 그깟 짝 없는 빨간 구두는 뭐에 쓰려고. 자존심 한번 살리려다 일을 제대로 망쳤다. 다리를 만지려다 실패하고, 차였다고 선물로 준 구두를, 그것도 중고 마켓에서 산 낡은 구두를, 두 짝도 아닌 한 짝을 달라고 하는 찌질이라고 생각하겠지. 아, 쪽팔려. 헤어졌지만 나는 소라에게 그런 찌질이가 되긴 싫었다. 하지만 소라는 이미 문자를 확인했다.

교실에 들어가서 자리에 앉자마자 소라가 성큼성큼 다가왔다. 나는 두 눈을 질끈 감았다. 아무것도 보고 싶지 않았고 무슨 말도 듣고 싶지 않았다.

"받아라."

소라가 소리치는 것과 동시에 뭔가 내 얼굴을 때리고 지나갔다. 내 얼굴을 후려치고 간 것은 빨간 구두라고 생각했다. 잠시 후 나는 두 눈을 번쩍 떴다. 빨간 구두가 교실 바닥에 나뒹굴고 있었고 소라는 나를 쏘아보고 있었다. 아이들은 숨을 죽이고 나와 소라 그리고 빨간 구두를 번갈아 바라봤다. 교실은 쥐 죽은 듯 조용했고 그 고요함을 깨며 얼굴에 머리 커튼을 친 아이가 주춤거리며 자리에서 일어나 빨간 구두가 있는 쪽으로 몸을 돌렸다. 바로 그때였다.

"그게 뭐임?"

막 교실로 들어서던 하연이가 빨간 구두를 향해 달려갔다. 그러자 여자아이들이 너도나도 빨간 구두로 몰려갔다.

"이게 그 구두냐? 오신우가 중고 마켓에서 사서 소라에게 선물한 구두? 한 짝은 잃어버렸고 한 짝은 도로 내놓으라고 했다던데 맙소사! 완전 너덜너덜하게 낡은 구두네. 이걸 도로 받아서 어디에 쓰려고?"

하이 톤의 하연이 목소리가 교실에 쩌렁쩌렁 울렸다. 신이 나도 제대로 난 목소리였다. 소라가 빨간 구두 얘기도 다 소문낸 모양이었다. 나는 선 채로 나를 흘겨보고 있는 소라를 바라봤다. 소라는 나를 조금도 좋아하지 않았구나. 상호 말이 100퍼센트 맞았구나. 나를 눈곱만큼이라도 좋아했다면 중고 마켓이니 어쩌니 하는 말은 안 했을 거다. 하긴 뭐 좋아했다면 다리를 만지려고 했던 놈이니 어쩌느니 그런 말도 안 했겠지만……. 솔직히 다리를 만지려고 했다는 놈보다 중고 마켓에서 사서 선물한 구두를 도로 내놓으라고 했다는 말이 더 자존심 상했다. 자존심이 상해서 어디로든 숨고 싶었다.

그때였다.

"속보! 속보! 두 개의 뉴스가 있는데 다 속보야. 좋은 일과 좋지 않은 일. 어떤 거부터 듣고 싶어?"

상호가 교실로 들어오며 소리쳤다. 아이들 눈이 모두 상호에게 쏠렸다.

"당연히 좋은 거."

누군가 소리쳤다.

"좋아, 좋은 뉴스! 오늘 상담 샘이 온대."

"진짜? 오기로 했던 그 상담 샘?"

"못 온다고 하지 않았었어? 그런데 온대? 와, 대박."

새로 오기로 했던 상담 선생님은 방송에 나오면서 전국적으로 유명해진 사람이었다. 시청률이 날마다 상향 곡선을 그렸다. 그 상담 선생님과 상담하고 솔루션을 받으면 백발백중 고민이 해결되었다. 그 선생님의 상담을 받으려면 짧게는 일 년, 길게는 몇 년을 기다려야 한다고 했다. 그런데 상담 특별 기획인가 뭔가 아무튼 새롭고 획기적인 기획으로 전국 중학교 중, 세 학교를 뽑아 그 선생님이 온다고 했다. 한 달 동안 학교에 상주하며 상담해 준다는 거였다. 어떤 기준으로 학교를 선정했는지 모르겠지만 우리학교도 뽑혔다. 아이들은 물론이고 선생님들도 손꼽아 가며 그 선생님이 올 날을 기다렸다. 그런데 4월에 온다고 일정도 다 정해 놓고 갑자기 그 기획은 취소되었다. 애초부터 학교 선발에서 떨어졌다면 그럴 수도 있다고 생각했겠지만 모든 결정이 다 난 뒤에 뒤집어지자 학교는 한순간 허탈감에 휩싸였었다.

"그 선생님이 오는 건지 그건 잘 모르겠어. 아무튼 상담 샘 오늘 온단다. 다음 안 좋은 소식! 어젯밤 우리 학교에서 폭행 사건이 있었는데 3학년 1반 김나성이 병원에 입원했단다."

김나성이라는 말에 아이들 눈이 모두 소라에게 쏠렸다.

그날 운동장에 갔었냐?
안 갔었냐?

희미하던 얼굴이 점점 또렷하고 선명해졌다. 그때는 그저 낯익은 얼굴이라고 생각했었는데 기억을 더듬어 보면 샌드백처럼 맞고 있던 사람은 김나성이었고, 김나성을 패던 사람은 같은 3학년 나찬이였다. 나찬이라는 확신이 드는 순간 나는 가슴이 서늘해졌다. 달팽이가 껍질을 파고들듯 파고들 곳이 필요하다는 생각이 들었다. 나를 보호해 줄 껍질 말이다. 나를 보호할 껍질! 그건 딱 하나다. 입을 다물고 있는 것, 나찬이라는 이름을 입에 올리지 않는 것. 일요일 밤에 운동장에서 봤던 것을 깡그리 잊어버리는 것.

나찬이는 선생님들도 함부로 건드리지 못하는 걸로 유명한 선배다. 성질 더럽고 주먹도 세다. 한마디로 위험한 존재다. 한번 나찬이의 표적이 되면 절대 피해 가지 못한다. 나찬이와 김나성은 친한 사이였다. 전교생이 다 알고 있는 사실이다. 그런데 김나성은 어쩌다가 나찬이의 표적이 되었을까.

일요일 밤, 약속 장소에 나오지 않은 소라가 고마웠다. 소라를 운동장에서 만나고 있을 때 나찬이와 김나성이 왔다면 그림이 이상야릇하게 될 뻔했다. 나찬이는 누가 있든 말든 자기가 하고 싶은 건 하는 성격이다. 나와 소라가 있었다고 해도 김나성을 패고 싶은 만큼 팼을 거다. 나와 소라는 엉겁결에 목격자가 될 뻔했다. 목격했다고 증언조차 할 수 없는 목격자 말이다. 생각만 해도 끔찍했다.

'나도 운동장에 안 갔다고 한 건 신의 한 수였네.'

열받아서 소라에게 거짓말한 것은 정말 탁월한 선택이었다.

4교시가 거의 끝나 갈 무렵이었다. 누군가 "와!" 하고 고요를 깼고 다들 고요를 깬 주인공을 눈으로 찾았다. 그리고 고요를 깬 주인공의 눈이 향하고 있는 운동장을 바라봤다.

머리가 긴 여자가 빨간 캐리어를 끌고 운동장을 가로질러 들어오고 있었다. 갈색으로 염색한 머리는 햇볕을 받아

찬란하게 빛났고 은색의 바바리코트 자락은 잔잔하게 불어오는 바람을 따라 살포시 흩날렸다. 바바리코트 안에는 흰색 셔츠와 은색 바지를 입고 있었다. 멀리서 봐도 예뻤다. 예뻐도 무지하게 예뻤다.

"누구냐?"

상호 목소리였다.

"모르지."

누군가 대답했다.

"선생님. 누구예요?"

상호가 수학 선생님에게 물었다.

"나도 지금 그게 궁금하다."

수학 선생님이 말했다.

점심시간이 끝나갈 무렵 상호가 교실 앞문으로 뛰어 들어왔다.

"대박! 아까 그 여자가 누군지 알아냈어. 상담 선생님이야. 가까이에서 봤는데 멀리서 보던 것보다 훨씬 더 예뻐. 내가 사진 찍어 왔다."

남자아이들이 우르르 상호 옆으로 몰려들었다.

"하여튼 못 말려. 야, 상담 샘이면 상담을 잘해야지 예쁘고 못생기고가 무슨 상관이야?"

소라가 한심하다는 듯 모여 있는 남자애들을 바라봤다.

"아, 그리고 놀라운 거 하나 더! 상담실 문에 뭐라고 써서 붙여 놨는지 알아? 연애 상담만 받는다고 해 놨어."

"연애 상담?"

"헐. 대박!"

아이들이 우르르 몰려 나갔다가 우르르 몰려 들어왔다. 상담실 앞에 연애 상담만 받는다고 적어 놓은 게 맞다고 했다. 특이한 상담 선생님이다.

수업이 끝나고 교실에서 맨 마지막에 나왔다. 할 일이 있었다. 김나성을 팬 사람이 나찬이라는 사실을 아는 사람이 없는 듯했다. 어디 가서 온갖 정보는 다 물고 오는 상호가 조용한 걸 보면 선생님들도 모르고 있는 게 확실했다. 그렇다면 김나성도 나찬이에게 맞았다는 사실을 밝히고 있지 않다는 말이다. 말을 할 수 없을 정도로 다친 건지 아니면 다른 사정이 있는 건지 알 수는 없었다. 아무튼 김나성 폭행 사건에 내가 연루되는 건 피해야 했다. 문제는 시시티브이(CCTV)였다. 교문 입구 안내실에는 학교의 여러 장소에 설치된 시시티브이를 실시간으로 볼 수 있는 모니

터가 있다. 운동장이나 교문 앞에 시시티브이가 설치되어 있다면, 일요일에도 시시티브이가 돌고 있었다면 큰일이다. 김나성 폭행 사건이 자연스럽게 해결될 수 있겠지만 문제는 나였다. 잘못하다가는 내가 김나성 폭행 사건에 목격자 및 증인이 될 수도 있는 상황이었다.

나는 당장 안내실로 달려갔다. 안내실 창문을 기웃거리는데 실시간으로 돌아가던 모니터는 꺼져 있었다. 학교 지킴이 선생님이 돌아봤다.

"학생, 왜? 혹시 학생도 시시티브이 확인하러 왔나? 금요일 방과 후에 축구 했던 학생 중에 한 명인 모양이군. 축구한 학생들이 두고 간 가방을 찾는 모양인데 시시티브이가 고장 나니까 이런 문제가 생기는군. 멀쩡할 때는 이런 일이 단 한 번도 없었거든. 아무튼 뭐에 문제가 생겼는지 학교 전체 시시티브이가 지난 금요일 아침부터 고장이야. 주말에는 수리가 안 되고 오늘 기사가 온다더니 아직이야. 시시티브이로 가방 찾는 건 불가능해."

만세라도 부르고 싶었다. 완벽했다. 이제 나만 입을 다물고 있으면 김나성 폭행 사건에 엮일 일은 없다. 어찌 되었든 김나성이 자기를 팬 범인을 알고 있는 상태고, 입을 열 때가 되면 입을 열 거다. 내가 입을 다물고 있어도 언젠 가는 밝혀질 일이다.

집에 도착했을 때 피곤함이 한꺼번에 밀려왔다. 긴장에 긴장, 또 긴장, 긴장의 연속이었다. 오늘 하루는 진짜 길었 다. 딱 30분만 누워 있다 일어나려고 침대에 벌렁 눕는 순 간 소라에게 문자가 왔다.

> 오신우. 너 진짜 일요일 8시에 운동장에 안 갔냐?

심장이 요동쳤다. 애가 뭘 알고 묻는 건가?

> 안 갔다.

이럴 때는 미적미적하는 모습을 보여서는 안 될 거 같 았다. 나는 재빨리 답 문자를 보낸 다음 휴대폰을 꺼 버렸 다. 한숨 자고 일어났을 때는 이미 저녁이었다.

"오신우. 일어났니? 얼마나 지쳤으면 그렇게 불러도 못 알아듣고 잠을 자니? 아니지, 잔 게 아니라 기절한 거지. 공부하느라고 힘들지?"

컴컴한 방에 불이 환히 켜지고 엄마가 뭔가를 들고 들어왔다. 나는 눈을 떴을 뿐인데 일어났다는 걸 알아채는 엄마 능력이 신기했다. 형이 했던 말이 떠올랐다. 형은 엄마가 뭐든 다 알고 있다고 했다. 쳐다보지 않고도 마음을 읽어 내고, 손을 대지 않아도 숨통을 조이는 초능력자라고 했다. 나는 형이 하는 말이 무슨 말인지 알아들을 수 없었다. 당연했다. 나는 단 한 번도 엄마 능력을 내 눈으로 확인한 적이 없으니까. 그런데 형 말이 맞는 거 같았다. 방문은 닫혀있었고 나는 눈만 번쩍 떴을 뿐이다. 그런데 내가 깬 걸 무슨 수로 알았을까.

"일어나서 이거 마셔."

엄마가 내민 컵에는 시커먼 액체가 들어 있었다.

"뭔데?"

"몸에 좋은 거."

"흑삼이야?"

"뭐, 비슷한 거야. 단숨에 쭉 들이켜."

단숨에 쭉 들이키고 나자 뒷맛이 텁텁하면서도 약간 비릿했다.

"엄마."

"왜?"

"나한테 그냥 하던 대로 하면 안 될까? 부담스러워."

진심이었다. 맞지 않는 옷을 입은 듯, 있어서는 안 될 곳에 있는 듯 부담스러웠다.

"주면 먹으면 되는 거야. 알았어?"

엄마가 오늘은 푹 쉬라며 빈 컵을 들고 나간 뒤 다시 단잠에 빠져드는 찰나, 형 목소리와 엄마 목소리가 번갈아 들렸다. 둘 다 격앙된 목소리였다. 깨지 않으려고 견디다 견디다 견디지 못하고 눈을 떴다. 멍한 상태에서 오고 가는 단어들을 모아 본 결과, 또 형 여자 친구 문제인 거 같았다. 요즘 엄마와 형은 얼굴만 마주 보면 그 문제로 목소리를 높인다.

형은 엄마의 희망이었다. 내가 만들어 낸 말이 아니다. 엄마가 형만 보면 하던 말이다. 형은 엄마의 희망답게 엄마 말이라면 뭐든 들었다. 못 하겠다느니 안 하겠다느니, 털끝만큼의 반항도 없었다. 공부를 잘하라고 하면 공부를 잘했고 운동도 좀 하라고 하면 운동도 좀 했다. 나는 가끔 형을 보며 엄마가 만들어서 조종하는 에이아이(AI)가 아닌가 하는 생각도 했었다.

형은 엄마가 원하는 대학교에도 갔다. 엄마가 수석으로 입학하면 좋겠다고 말했고 형은 진짜 수석으로 입학했다. 엄마는 형이 판사나 검사가 되길 바랐다. 형은 의사가 되고 싶어 했었다. 하지만 엄마는 의사가 되는 것은 반대했다. 의사만큼 고달프고 힘든 직업은 없다면서 말이다. 그래서 형은 중학교 때 일찌감치 자신의 꿈을 포기하고 문과를 택했다. 그랬던 형이 처음으로 엄마에게 반기를 들었다. 대학교에 가자마자 여자 친구가 생겼는데 문제는 엄마 마음에 들지 않는다는 거였다.

학교도 전공도 외모도 집안도 형의 여자 친구의 모든 것이 엄마 마음에 들지 않는다고 했다. 결혼하겠다는 것도 아니고 그냥 여친일 뿐인데 내가 생각하기에도 심하다 싶을 정도로 만나는 걸 반대했다. 다른 때 같으면 '아, 엄마 알겠습니다. 엄마가 싫다면 당장 헤어지지요.' 이러고 나왔을 형이었다. 그런데 형은 엄마 말을 듣지 않았다.

더 충격적인 것은 형이 음악을 하는 여친을 따라 유학을 간다고 선언한 것이다. 충격을 먹은 엄마는 용하다는 점쟁이를 찾아갔고 점쟁이는 형의 지난날을 손바닥 위에 올려 놓고 들여다보는 듯 다 알았다고 했다. 그러고는 하는 말이 '자식 이기는 부모 없어. 가지 말라고 매달려도 유학 가. 그리고 가만 보자, 형보다는 아우가 낫네. 지금은 몰라도 훗날 작은아들이 더 높이 올라갈 사주야.' 이랬단다. 그러니까 내가 비싸다는 흑삼을 먹게 된 것도 그 점쟁이 덕인 거다. 고맙지는 않다. 나는 엄마의 관심이 오히려 부담스러우니까.

"오신우, 너는 여자 문제로 엄마 속 썩이지 마."

점쟁이에게 다녀온 그날 엄마는 마실 줄도 모르는 맥주를 세 병이나 마시고 울면서 말했었다. 나는 엄마가 쓸데없는 걱정을 다 한다고 생각했었다. 속 썩이고 싶어도 썩일 수가 없는 게 문제였다. 여친을 사귈 처지가 되어야 속을 썩이든 말든 하지. 그런데 아이러니하게도 그다음 날 엉겁결에 소라와 사귀게 되었다. 그날 나는 수업을 마치고 무슨 핑계로 하루 학원을 빼먹을까 고민 중이었다. 별로 한 일도 없는 거 같은데 피곤해도 너무 피곤했다. 그날만 피곤한 게 아니라 나는 모든 날이 다 피곤하고 재미없고 지루했었다. 교실에서 미적거리고 있는데 갑자기 소라가 다가와서 '오신우, 나랑 사귈래?' 이랬다. 너무 놀라고 당황스러워서 아무 말도 하지 못한 채 소라를 바라보기만 했다. '사귀자. 오늘부터 1일인 거다.' 소라는 내 대답을 기다리지 않고 손을 내밀며 말했었다. 그날 소라와 손을 마주 잡던 일을 떠올리면 지금도 귓가가 뜨거워지고 가슴이 쿵쾅거린다.

엄마와 형 목소리가 잦아들 무렵 문자가 왔다. 소라였다.

> 이건 아주 중요한 문제야. 너 운동장 갔었나?

질겨도 무지하게 질겼다. 이런다고 해서 고백하지 않는다. 나도 앞뒤 분간은 확실히 할 줄 안다. 왜 내가 바보 멍청이처럼 펄펄 끓으며 솟구쳐 오르는 용암 속으로 내 발로 들어가느냐고! 운동장에서 그 사건을 봤다고 고백하는 그 순간 나는 헤어나오지 못할 불구덩이 속으로 들어가는 거다. 나는 답 문자를 보내지 않았다. 얼마 후 다시 진동음이 들리는 거 같았지만 나는 잠 속으로 빠져들었다.

눈을 뜬 것은 한밤중이었다. 아침이려니 하고 일어났는데 새벽 2시였다. 천둥소리와 함께 비가 쏟아지고 있었다. 나는 이불을 고쳐 덮고 머리맡에 놔둔 휴대폰을 집어 들었다. 소라에게 문자가 몇 개 더 와 있었다. 다 운동장 타령이었다. 애가 왜 이렇게 이 문제에 집착하지? 물론 폭행 사건의 가해자가 누군지 궁금하긴 하겠지만 이 정도로 끈질기고 집요하게 물어볼 필요까지 있나? 하고 생각하는 바로 그 순간이었다. 뭔가 둔탁한 것이 머리를 치고 지나갔다. 맞다. 김나성과 황소라, 둘은 우리 학교 공식 커플이었다. 이미 알고 있었고 날마다 생각나던 그 사실을 신기할 정도로 며칠 동안 까마득하게 잊고 있었다.

중학교에 입학한 지 몇 달 되지 않아 황소라는 2학년 김나성과 사귀게 되었다. 김나성과 소라는 차마 눈 뜨고는 봐줄 수 없을 정도였다. 그렇게 떠들썩하게 사귀기 시작한 지 얼마 되지 않아 둘은 헤어졌다. 소라는 김나성과 헤어지고 나서 다른 아이를 또 사귀었다. 그 아이와 헤어지면 또 다른 아이, 또 헤어지면 또 다른 아이……. 소라는 단 한 번도 혼자인 적이 없었다. 그런데 김나성과 소라가 다시 사귀게 되었다. 둘은 또 죽으나 사나 붙어 다녔다. 그러다 다시 또 헤어지게 되었다. 김나성이 소라를 찼다고 했다. 김나성과 소라가 헤어지고 곧바로 소라가 내게 접근했다.

'운동장에 집착하는 건 혹시 소라가 아직도 김나성을 좋아하고 있다는 뜻? 그래서 김나성을 때린 범인을 찾아

내고 싶은 건가? 에이, 설마. 소라는 김나성한테 차였어. 그런데도 아직 좋아하는 마음이 있다면 그건 바보지.'

절대 그렇지 않을 거라고 생각하고 싶어도 그게 잘되지 않았다. 왠지 소라가 김나성을 아직도 좋아하고 있을 거라는 생각이 머리에서 떠나지 않았다.

'한번 물어볼까? 운동장에 집착하니까 물어볼 수도 있는 거 아닌가?'

아주 뜬금없는 질문은 아닐 듯했다. 자꾸 왜 운동장에 갔었느냐고 물어보냐? 내가 김나성 폭행 사건을 목격이라도 했을까 봐 그러는 거냐? 목격했으면 왜? 증인으로 나서 달라고? 나는 소라 네가 운동장에 자꾸 집착하니까 아직도 네가 김나성을 좋아하는 거 아닌가 하는 생각이 든다. 내 생각이 맞지? 이러고 물어봐도 자연스러울 거 같았다. 나는 휴대폰을 만지작거렸다. 그러다 휴대폰을 던져 버렸다.

'그래, 나 김나성 좋아한다! 왜?'

만약 소라가 이렇게 말한다면 슬플 거 같았다. 슬퍼서 숨도 쉴 수 없을 거 같았다. 그런 건 확인하지 않는 게 현명할 듯했다.

연애 상담
전문

    학교가 뒤숭숭했다. 김나성이 생각보다 많이 다쳤다고 했다. 양심이라는 것이 시도 때도 없이 불쑥불쑥 고개를 쳐들려고 했다. 그럴 때마다 나는 나에게 외쳤다. 달팽이 껍질 속에 그냥 가만히 처박혀 있어! 네가 밝힐 필요 없어. 언젠가는 김나성이 밝힐 거야. 아닌 말로 맞은 김나성이 입을 다물고 있는데 내가 뭔 상관이람?

    "누군지 모르지만 강심장이야. 어떻게 학교 운동장에서 싸울 생각을 하냐? 아무리 넓어서 싸우기 좋아도 그렇지. 학교잖아, 학교! 대체 누구냐? 김나성은 왜 입을 다물고 있는 거야? 속 시원히 누구한테 맞았는지 말하지."

    아이들은 김나성이 왜 침묵하는지 궁금해했다. 하지만

김나성을 때린 주인공이 누군지는 궁금해하지 않았다. 말을 하지 않아도 아이들은 알고 있는 눈치였다. 김나성이 입을 다물고 있다는 사실이 김나성을 누가 때렸는지에 대한 대답이었다. 김나성은 나찬이에게 맞았다는 걸 무언으로 증명하고 있었다. 나찬이가 아니라면 김나성은 절대 가만있을 성격이 아니었다.

"밀림의 왕은 호랑이든 사자든 하나야. 하나만이 밀림의 왕이 될 수 있어. 왕의 자리를 놓고 싸워서 지게 되면 진 쪽은 조용히 찌그러져 있지. 졌다고 소문내고 다니는 찌질한 짓은 하지 않는다는 말이지."

누군가가 이렇게 말했고 아이들은 모두 그 말에 무언으로 공감했다.

"잠깐 보자."

점심을 먹고 급식실에서 나오는데 소라가 내 앞을 막았다.

"왜? 또 운동장에 갔었느냐고 물어보려고? 아무리 물어봤자 내 대답은 똑같아. 나는 안 갔어."

"잠깐 보자고."

"왜에? 안 갔다고! 안 갔다잖아?"

"야, 오신우. 너 나하고 운동장 얘기밖에 할 이야기가 없어? 그럼 여기서 얘기해?"

운동장 얘기가 아니면 빨간 구두 얘기다. 나는 어쩔 수 없이 소라를 따라 학교 건물 뒤편 후미진 곳으로 갔다. 비는 추적추적 내리고 있었고 바람도 거셌다. 소라는 나무 아래에서 걸음을 멈췄다. 제법 가지가 많은 나무였지만 나뭇가지 사이로 내리는 빗줄기도 굵었다. 나와 소라는 비를 맞으며 마주 보고 섰다.

"사실대로 말해. 일요일에 운동장에 갔었지? 갔으면서 왜 안 갔다고 거짓말하는 거니? 다 알고 있으니까 솔직히 말해."

협박해서 데리고 오더니 내가 이럴 줄 알았다.

"다 알고 있다니까 잘되었네. 다 알고 있으면서 왜 자꾸 귀찮게 묻고 그래?"

"김나성이 맞아서 입원했잖아? 김나성이 일요일 밤에 운동장에서 싸웠다는 거까지는 말했대. 하지만 누구랑 싸웠는지는 절대 말하지 않는대. 말하지 않아도 다 알고 있긴 하지. 김나성을 팰 사람은 단 한 명이니까 하지만 심증만으로 사람을 의심할 수는 없잖아? 김나성 엄마 말로는

김나성이 일요일에 저녁을 먹고 7시가 넘어서 집에서 나
갔다고 했어. 그럼 학교 운동장에 7시 30분에서 8시경에
있었을 거 아니니? 너는 봤지? 김나성이랑 누가 싸웠는지.
너는 봤잖아? 심증이 아닌 확실한 목격자잖아? 네가 친척
할아버지가 돌아가셨는데 나한테 연락도 없이 약속 장소
에 안 나갈 아이가 아니야."

"너는 김나성 엄마가 그런 말 한 건 어떻게 알아?"

다른 말은 들리지 않고 그 말만 귀에 박혔다.

"그건 중요한 게 아니야. 너는 지금 뭐가 중요한지 그
정도도 파악이 안 되니?"

나에게는 중요한 문제였다. 김나성 엄마가 한 말을 전
하는 걸 보면 소라는 김나성 엄마를 만났다는 말이다. 김
나성이 입원에 있는데 김나성 집에 찾아갔을 리는 없다.
병원에 가서 김나성도 만나고 김나성 엄마도 만났을 거다.
우리 반 누구도 김나성을 찾아가지는 않았다. 담임 선생님
도 김나성이 현재 마음이 안정되지 않은 상태이기 때문에
면회 사절이니 혹시라도 찾아가서 헛걸음하지 말라고 분
명히 말했었다. 그런데도 소라는 갔다는 말이다. 나와 사
귀던 30일 동안에도 김나성을 여전히 줄기차게 좋아했다

는 확실한 증거가 나왔다.

"뭣 좀 물어봐도 되냐?"

나는 확인하고 싶었다. 손발이 덜덜 떨려서 도저히 그냥 넘어갈 수가 없었다. 지금 비록 소라와 헤어졌다고 하지만 이건 짚고 넘어가야 했다.

"뭔데? 물어봐."

소라가 덤덤하게 말했다. 입안이 바짝 말라 말이 잘 나오지 않았다. 나는 목에서 넘어온 말들을 입안에서 굴렸다.

"물어보라고."

소라가 재촉했다.

"싫다. 물어보기 싫어졌다."

나는 그만두기로 했다. 따지고 싶어도 참고 궁금해도 참는 것이 자존심을 더 다치지 않게 만드는 길 같았다.

"왜?"

"보나 마나 그게 뭐가 중요하냐고 말할 테니까. 아무튼 나는 운동장에 안 갔다. 그러니까 그 질문은 하지 마. 그리고 나는 세상에서 비 맞는 거 제일 싫어하거든. 우리 집안 디엔에이(DNA) 중에 최악이 대머리야. 비를 맞는 게 탈모에 얼마나 안 좋은지 너도 알지? 나 그만 들어간다."

돌아서는데 울컥하면서 눈물이 찔끔 났다. 나는 얼른 눈물을 훔쳤다. 눈물을 훔치자 더 눈물이 쏟아졌다. 나는 하늘을 바라봤다. 빗줄기가 얼굴을 때렸다. 나는 눈물이 더 나지 않을 때까지 그러고 서 있었다.

"학생! 잠깐."

겨우 정신을 차리고 복도로 들어와 머리에 빗물을 털어 내고 있는데 뒤에서 부르는 소리가 났다. 상담 선생님이었다.

"저요?"

상담 선생님이 고개를 끄덕이자 길고 찰랑거리는 머릿결이 물결처럼 흔들렸다.

"잠깐 볼까?"

"왜요?"

"잠깐 상담실로 와."

"왜요?"

"왜라는 말을 좋아하는구나?"

"예? 저, 저는 상담할 거 없는데요."

"와 봐."

상담 선생님이 앞장섰다. 나는 잠시 망설이다 상담 선생님을 따라갔다.

연애 문제만 상담 가능

상담실 앞에는 이런 종이가 붙어 있었다. 상담실 안은 아늑하고 따뜻했다. 포트에서는 김이 모락모락 나며 물이 끓고 있었고 나지막하게 음악이 흐르고 있었다. 창가에는 아주 작은 화분이 즐비하게 놓여 있었는데 이름을 알 수 없는 꽃들이 활짝 피어 있었다. 그리고 낡은 상담실과는 어울리지 않는 금장의 큰 액자가 벽에 걸려 있었다. 상담 교사 자격증이었다.

"앉아."

상담 선생님이 의자를 가리켰다.

"비를 맞으며 둘이 심각하게 대화 나누는 거 봤어. 울기까지 하더라고?"

상담 선생님이 내 맞은편에 앉았다. 우는 모습까지 들켰다는 사실과 그걸 아무렇지도 않은 듯 밝히는 상담 선생님 모습이 당황스러웠다.

"나는 상담 선생님이야. 그런 모습 수없이 많이 봤어. 쪽팔릴 필요 없다."

정면에서 본 상담 선생님 얼굴은 작았다. 내 손바닥보

다도 작은 거 같았다. 피부는 희고 턱선은 갸름했다. 배우를 하면 화면발이 끝내주게 받았을 거라는 생각이 이 상황에서도 들었다.

"뭐든 상담할 거 있으면 해."

상담 선생님 목소리는 아주 부드럽고 다정했다. 며칠 전에 만났더라면 참 좋았을 거라는 생각이 들었다. 소라와 헤어지기 전에 상담 선생님을 만났더라면 상담할 것이 차고 넘쳤을 거다. 어쩌면 소라와 30일 기념일에 헤어지는 일도 없었을 수 있다. 하지만 지금은 아니다. 나는 이미 소라와 헤어졌다. 다리를 만지려고 한 놈이 되어 소라에게 차였다.

"상담할 거 없어요. 저는 이미 연애를 끝냈거든요. 헤어졌다고요."

"음, 헤어졌으면 뭐 해. 너는 아직도 그 여자아이를 많이 좋아하고 있던데."

"누가 그래요? 제가 소라를 아직 많이 좋아하고 있다고?"

"그 아이가 소라니? 이름도 참 정겹다. 소라, 소라, 소라. 소라라는 말을 계속하면 파도 소리가 들리는 거 같지 않니? 위이잉, 위이이잉, 철썩철썩. 위이이잉. 처얼썩 처얼썩."

상담 선생님은 눈을 감았다. 상담 선생님이 '위이이잉 철썩철썩'이라고 말할 때마다 길고 진한 속눈썹이 파르르 떨렸다. 상담 선생님은 몇 번 더 '위이이잉 철썩철썩'을 되뇌였다. 꼭 파도를 불러들이는 주문을 외우는 거 같았다.

"어찌 되었든!"

상담 선생님이 눈을 번쩍 떴다.

"네가 아무리 부인을 해도 아니라고 목소리를 높여도 너는 아직 소라를 좋아하고 있어. 마음이라는 건 말이다. 어떤 때는 내 생각대로 되지 않을 때가 있어. 머리와 따로 놀 때가 있다는 뜻이야. 머리로는 미워해야지, 하고 다짐해도 여전히 마음으로는 미워할 수가 없는 그런 일들이 많지. 사람과 사람의 관계라는 건 말이다. 내 마음대로 되지 않는 경우가 많아. 내가 의도한 대로 흘러가지도 않고 내가 멈추고 싶다고 해서 멈출 수도 없는 것. 다시 말해서 내가 좋아하고 싶다고 해서 좋아하고, 싫어하고 싶다고 마음먹는다고 해서 무 자르듯 단박에 싫어질 수 없는 것이지."

들다 보니 상담 선생님 말에 점점 빠져들었다.

"내 마음을 마음대로 조종할 수 있다면 연애라는 것은 아주 심플할 테지. 실연을 당하고 우는 이도 없을 테고 어제는 좋았는데 오늘은 변한 자신의 마음에 당혹스러워하지 않아도 되고 말이야. 그치?"

"예."

들을수록 한 마디 한 마디가 명언이었다.

"또 연애를 하면서 처음부터 배신자가 되고 싶은 사람은 아무도 없어. 마음이 멋대로 흘러서 일어나는 일들이지."

그 말은 좀 아니다. 그 말은 어쩐지 소라 편을 드는 거 같은 기분이 들었다. 내가 소라와 나 사이에 있었던 일을 말하지 않았어도 상담 선생님은 내가 눈물을 찔끔거리는 모습을 봤으니 내가 차인 걸 짐작하고 있을 거다. 그런데도 저런 말을 하다니 좀 서운했다.

"처음부터 좋아하지도 않으면서 좋아하는 척하는 경우도 있어요. 아무것도 모르면서 한쪽 편만 드는 거 아닌가요?"

나는 기분 나쁜 표정을 굳이 감추지 않았다.

"오호. 맞아, 그런 경우도 있지. 그렇게 상대를 속일 때도 있지. 또 속이려는 마음은 없어도 상대편을 착각하게 만들기도 하고. 그러니까 결론적으로 너, 짝사랑한 거니? 소라라는 아이가 너를 좋아하는 줄 착각하고? 하긴 뭐 좋아하는 줄 알고 사귄 거니까 짝사랑이라고 단정 지어 말하기도 애매하다. 네 입장에서는 짝사랑이라는 말이 억울할 수도 있지."

"예. 맞아요."

대답이 넙죽넙죽 나왔다.

"그럴 경우 좋아하지도 않으면서 좋아하는 척한 사람이 잘못이지요? 그러면 안 되는 거 아닌가요? 그건 상대편을 무시하고 깐보고 열받게 하는 거잖아요?"

"그럼 당연히 열받지. 열받지 않으면 사람이 아니지. 음, 게다가 너는 진심으로 그 아이를 좋아했는데 상처가 크겠구나, 그치?"

상담 선생님이 안타깝다는 표정으로 나를 바라봤다. 잠깐 이야기를 나눠 보고도 내가 소라를 진심으로 좋아했던 걸 알아차리다니 역시 상담 선생님은 달랐다.

"소라에 대한 네 마음이 얼마나 간절했는지 나는 알아."

상담 선생님 목소리가 촉촉했다. 나는 너무 고마워서 상담 선생님 손이라도 덥석 잡고 싶었다.

"음, 내가 왜 연애 상담만 한다고 했을까? 수많은 고민들이 있고 걱정거리가 있는데 왜 굳이 연애 상담만 하는지 궁금하지 않니?"

"그야 뭐, 요리사도 한식, 중식, 일식 이런 식으로 나뉘는 것처럼 상담 교사도 학습 상담, 가정 상담, 연애 상담 이런 식으로 세분화된 거 아닌가요? 아니면…… 연애의 고수든지."

"연애의 고수? 호호호호호호."

상담 선생님이 목을 젖히고 웃었다.

"연애의 고수였다면 나는 절대 연애 상담을 시작하지 않았어. 연애의 고수는커녕 누군가를 혼자 맹목적으로 좋아했지. 그냥 무턱대고 혼자 좋아하다 혼자 끝냈지. 그때 내 나이가 열다섯 살 때였어. 그렇게 혹독한 경험을 하고 나니까 그런 걸 겪고 있는 아이들을 그냥 지나기가 안타까웠는데 운명적으로 이런 일을 하게 되었지. 그 운명이라는 게 어떤 건지는 묻지 마라."

"맹목적으로 좋아했다고요?"

상담 선생님 표정이 쓸쓸해 보였다. 사람의 겉모습만 보고 평가하는 것은 옳지 않지만 상담 선생님 정도의 외모에 의외였다. 그리고 열다섯 살 때면 꽤 많은 시간이 흘렀는데도 그런 말을 하면서 쓸쓸한 표정을 짓는다는 것은 아직도 그 기억의 중간에 있다는 뜻이기도 할 거다. 얼마나 좋아했으면 그럴까? 갑자기 상담 선생님이 가깝게 느껴졌다.

"무슨 말이든 해도 좋아. 하고 싶은 말, 물어보고 싶은 말, 마음껏 해도 돼. 비밀은 무슨 일이 있어도 보장된다. 들어 보고 솔루션을 줄 일이 있으면 줄 거야. 맞춤형 솔루션이지. 너만을 위한 맞춤 상담과 솔루션. 실력은 믿어도 돼. 굳이 실력을 표현하자면, 네 마음에 확 와 닿게 표현하자면 1등급 상담 교사 정도로 해 두자. 지금 네 마음을 쑤시며 괴롭히는 것들을 훌훌 털어 낼 수 있게 해 줄 거야."

"1등급이요?"

엄마가 가장 좋아하는 말이 바로 저 말이다. 1등급. 형은 고등학교 내내 1등급이었다. 1등급 아들을 둔 엄마는 저절로 1등급 엄마가 된다고 했다. 나는 엄마가 그런 말할 때 제일 싫었다. 내가 고등학교에 가서 9등급이면 엄마도 9등급이 된다는 말인데 엄마를 그 꼴로 만들어 놓고 마음 편히 밥 먹고 잠자기는 어려울 거다.

"믿어 봐라, 어쩌라 길게 말하는 것보다 믿어 보란 이 말 한 마디 하는 게 제일 빠르더라고."

"그럼 상담실 이름은 1등급 상담실인가요?"

나는 비꼬듯 말했다.

"1등급이라는 말이 별로 마음에 들지 않나 보구나? 그럼 취소다."

상담 선생님은 쿨 하게 말했다.

"소라라는 아이와 어떤 문제가 생긴 거니? 네가 무척이나 간절했을 텐데, 너는 소라를 무지하게 좋아하고 있는데 말이다."

"헤어졌다고요. 헤어졌는데 어떤 문제가 생겼는지 그게 중요하지는 않잖아요? 제가 소라를 좋아하고 말고가 뭐 중요하겠어요? 저와 소라는 30일 사귀다 헤어졌어요. 그런데 그 30일도 저 혼자만 좋아했던 거 같아요. 그 아이는 저랑 사귀면서도 전에 사귀었던 아이를 계속 좋아하고 있었던 거지요. 제가 워낙 바보 같으니까 그래도 되는 줄 알았겠지요. 저는 화가 날 때 화풀이 정도, 심심할 때 심심풀이 정도로 생각했을 거예요. 선생님도 경험이 있다고 하니까 말씀드리는 거예요."

나는 뭐에 홀린 듯 줄줄줄 말했다. 한번 터진 입은 제어가 되지 않았다.

"그랬구나."

상담 선생님이 천천히 고개를 끄덕였다.

"하지만 중요한 것은 네 마음이야. 너는 여전히 그 아이를 좋아하고 있어. 사실은 그게 가장 큰 문제지. 너를 괴롭히는 게 바로 그거니까. 네가 그 아이를 현재 좋아하지 않고 있다면 네 마음은 아주 평화로울 거야."

"저도 잘 모르겠어요. 제가 소라를 좋아하는 거 같기도 하고 미워하는 거 같기도 하니까요."

"좋아하니까 미움도 생기는 거야."

상담 선생님이 말했다. 무슨 그런 사람을 서럽게 만드는 논리가 있는지 모르겠지만 그 말은 틀린 말이 아니었다.

"너와 사귀는 동안 예전에 사귀던 아이를 계속 좋아했었느냐고 물어는 봤니?"

"아뇨."

"상처받을까 봐 무서워서 물어보지도 못했구나?"

상담 선생님은 정확하게 내 마음을 파악했다. 상담 선생님은 내 앞으로 바짝 다가앉았다. 상큼하고 비릿한 냄새가 물씬 풍겼다.

"나랑 거래할래?"

"예?"

"내가 네 고민에 대해 성심성의껏 상담하고 솔루션을 주는 대신 너도 내가 원하는 걸 하나 들어주는 걸로."

"학교에서 하는 상담은 무료라고 알고 있는데요?"

"물론 무료지. 하지만 너를 위한 맞춤형 상담에 솔루션도 줄게. 그저 그런 상담이 아니야."

"뭘 원하는데요? 하지만 뭘 원하든 제가 무슨 수로 선생님이 원하는 걸 들어주겠어요? 저 능력 없어요."

"뭔지 들어 보지도 않고? 거래라고 해서 겁먹을 거 없어. 내가 찾는 걸 찾아 주면 되는 거야. 나는 빨간 구두를 찾고 있어. 이 학교에 다니는 학생 중에 내가 찾는 빨간 구두를 가진 학생이 있거든. 그 학생을 찾아봐 줘. 빨간 구두를 찾아 주면 더 고맙고."

"빠, 빨간 구두요?"

설마 내가 알고 있는 그 빨간 구두를 말하는 건 아니겠지.

"빨간 구두가 어떻게 생겼는데요? 빨간 구두도 여러 가지가 있잖아요. 부츠도 있고 샌들도 있고 굽이 높은 구두도 있고 낮은 구두도 있고."

나는 상담 선생님의 눈치를 보며 말했다.

상담 선생님은 휴대폰 속을 만지작거렸다. 그리고 곧 사진 한 장을 보여 주었다. 나는 비명을 지를 뻔했다. 사진 속 빨간 구두는 내가 중고 마켓에서 사서 소라에게 선물한 그 구두였다. 정신이 멍해졌다. 그렇다면 상담 선생님이 천만 원을 주겠다고 매달리던 그 사람인가? 천만 원의 주인공은 빨간 구두 한 짝을 바다에 빠뜨린 이후로는 마치 한 짝을 잃어버린 것을 알고 있는 듯 연락을 뚝 끊었었다.

"우, 우, 우리 학교 아이들 중에 누군가가 빨간 구두를 갖고 있다고요? 그게 누군데요?"

"그건 나도 몰라."

"그럼 우리 학교에 다니는 아이가 구두를 가지고 있다는 건 어떻게 알았는데요?"

"그거까지 말하려면 너무 길고 말이야. 나랑 거래할래?"

상담 선생님은 진지했다. 만약 상담 선생님이 천만 원의 주인공이 맞다면 내 휴대폰 번호를 알고 있다. 지금 당장이라도 내 번호를 누르면 주머니 속 휴대폰이 울릴 거다. 상담 선생님이 천만 원의 주인공이 맞는지 아닌지 알고 싶었다. 하지만 어떤 식으로 알아내야 할지 방법이 떠오르지 않았다. 대뜸 상담 선생님 휴대폰 번호를 물어볼 수도 없다. 그러다 서로 전화번호를 교환하자고 하면 곤란하다.

그때 수업을 알리는 종이 울렸다. 나는 다시 오겠다는 말을 남기고 상담실에서 나왔다.

빨간 구두

상담 선생님은 빨간 캐리어를 뒤적이고 있었다. 내가 상담실 문을 열고 안으로 들어서도 모르는 거 같았다. 나는 헛기침을 했다.

"왔구나?"

상담 선생님은 서둘러 빨간 캐리어 뚜껑을 내리며 자리에서 일어나며 하나로 묶었던 머리를 풀었다. 가둬 두었던 물이 쏟아져 퍼지듯 머릿결은 출렁거리며 흐트러졌다.

"그 구두 말이에요. 어쩌다가 잃어버리게 된 거예요? 아, 아니다. 그건 알 필요 없고요. 비싼 거예요? 하긴 비싸거나 귀한 거니까 찾는 거겠지만요."

"꼭 비싸다고 해서 소중한 것은 아니야. 싸구려라고 해도 누군가에게는 한없이 소중한 물건이기도 하지."

상담 선생님은 포트의 스위치를 올렸다. 포트 안에 물은 금세 보글보글 끓기 시작했다.

"선생님. 이런 질문을 하면 제가 돈밖에 모르는 아이로 여겨질 수 있을 텐데요. 절대 그런 건 아니고요. 혹시 그 구두가 국보급 유물이라든가, 또는 명품인데 한정판이라든가 이런 건 아닌가요?"

나는 다시 물었다. 이건 아주 중요한 문제다. 나는 이미 그 구두 한 짝을 잃어버렸기 때문이다.

"국보급 유물도 아니고 명품 한정판도 아니야."

"다행이네요."

나는 가슴을 쓸어내렸다.

"그런데 그 소중한 걸 어쩌다 잃어버리셨어요?"

어쩌다 중고 마켓에 올리게 되었느냐고 묻고 싶은 걸 이렇게 물었다.

"순간에 일어난 일이라 나도 아직 얼떨떨하다. 어떤 편의점 앞이었지. 편의점 야외 탁자에 구두를 잠깐 올려놓고 물을 사려고 편의점으로 들어갔다 나오니 구두가 깜쪽 같이 사라졌어. 물건을 잃어버리면 중고 마켓을 뒤지는 게 가장 빠르다는 말을 어디선가 들은 적이 있어서 당장 중고 마켓을 뒤지고 다녔지. 그리고 기적처럼 구두를 발견했어. 하지만 구입하는 방법을 몰라서 헤매고 있는 사이 그 구두는 다른 사람에게 팔리고 말았단다."

"그래서 그걸 사 간 사람의 정보를 털었나요? 남의 개인 정보 터는 거 불법인데……."

나는 상담 선생님이 문자를 보낸 주인공일 거라고 생각했다.

"불법이니? 구두를 사 간 사람이 어느 동네에 사는지 어느 학교에 다니는지 알아내는 게 불법이었구나? 몰랐다. 하지만 알았다고 해도 다른 방법은 없었어."

전화번호를 알아내서 문자를 주고받았다는 사실은 쏙 빼고 말했다. 상담 선생님이 나를 모르고 있다는 뜻이다. 눈앞에 있는 내가 중고 마켓에서 빨간 구두를 사 간 아이라는 걸 전혀 모르고 있다는 확실한 증거였다.

"그 아이가 우리 학교에 다닌대요? 누군데요?"

나는 모른 척 물었다.

"이 학교에 다닌다는 것만 알아냈어. 누군지는 몰라. 누군지 안다면 내가 너랑 거래하자고 하겠니? 거래할래?"

상담 선생님이 나를 빤히 바라보며 물었다. 머릿속이 복잡해졌다. 그 구두는 영원히 찾을 수 없다. 구두는 두 짝이 다 있어야 구두로써의 역할을 한다. 한 짝만 있으면 구두가 아니다. 이건 이루어질 수 없는 거래다.

"아, 아니에요. 저, 저는 거래 같은 거 별로 안 좋아해요. 그리고 저, 저는 상담받지 않을래요. 그냥 소라는 까마득하게 잊어버릴래요."

나는 자리를 털고 일어났다. 지금부터 상담실에는 절대 와서는 안 된다.

우르릉 쾅쾅!

돌아서는 순간 세상이 깨질 듯 천둥이 쳤다. 창문에 내리치는 빗소리도 거셌다. 나는 창밖을 바라봤다. 폭우였다.

"비가 많이 내리는구나."

상담 선생님이 중얼거리듯 말했다. 나는 상담 선생님을 힐끗 바라봤다. 갑자기 궁금해졌다. 상담 선생님은 왜 전화를 하지 않았을까. 더 이상 문자에 답이 없었다면 전화라도 해 봐야 하는 거 아닌가. 그리고 그전에도 마찬가지다. 만나자느니 천만 원을 주겠다느니 이런 말들을 오직 문자로만 보냈다. 단 한 번도 전화하지 않았다. 왜 그랬을까.

'천만 원의 주인공이 아닌가?'

확인하고 싶어졌다. 조금 위험하지만 확실히 알아야 할 거 같았다.

"선생님. 다시 생각해 보니까 거래할 건지 말 건지 조금 더 생각해 봐야 할 거 같아요. 휴대폰 번호 좀 알려 주세요. 집에 가서 생각해 보고 연락할게요."

상담 선생님은 빨간 캐리어를 열고 휴대폰을 꺼냈다.

"그냥 번호만 불러 주시면 되는데요."

"내가 번호를 못 외워. 어디 보자."

상담 선생님은 휴대폰 케이스 뒤에 적힌 숫자를 확인하고 한 자 한 자 천천히 불러 줬다. 나는 상담 선생님이 불러 주는 숫자를 쳤다. 마지막 '6'을 치고 나서 메시지를 눌렀다. 상담 선생님 휴대폰에 대한 정보는 전혀 없었다. 문자를 주고받은 것도 없었다.

'천만 원의 주인공이 아닌가?'

헷갈렸다. 모든 정황으로 봐서는 상담 선생님이 천만 원의 주인공이 맞는 거 같은데 말이다.

"생각해 보고 문자를 드리든지 다시 올게요."

나는 상담실에서 나왔다. 대체 얼마나 중요하고 소중한 구두인지 궁금했다. 내가 잘 알지는 못하지만 거래라는 말은 쉽게 할 수 있는 말이 아니다. 거래라는 말에는 비밀 같은 게 숨어 있을 거 같기도 하고, 어두침침한 세계가 숨어 있을 거 같기도 했다. 특히 선생님이 학생에게 쉽게 할 말은 아닌 듯했다. 그런데도 거래라는 말을 몇 번이나 반복하는 걸 보면 구두를 찾아야겠다는 마음이 절실하다는 뜻이다. 대체 어떤 구두지? 구두가 소중하다는 생각을 하면 할수록 마음은 더 복잡해지고 우울해졌다. 지금쯤 구두 한 짝은 태평양 중간에 표류 중일 거다.

폭우를 뚫고 집으로 돌아왔다. 집 안은 텅 비어 있었다. 엄마처럼 집을 사랑하는 집순이께서 폭우가 쏟아지는 날 외출할 리도 없는데 이상했다.

'뭐야? 내가 언제부터 엄마한테 관심을 가졌담?'

나는 안방 문을 열려다 멈칫하며 헛웃음을 웃었다. 엄마가 관심을 보이니까 나도 모르게 덩달아 그러고 있었다. 안방 문고리를 도로 놓고 돌아서려는 바로 그 순간이었다. 방 안에서 목소리가 들렸다. 엄마였다. 나지막한 목소리 끝에 흐느낌 같은 것이 따라왔다.

'우나?'

나는 방문에 귀를 댔다. 빗소리 때문에 엄마 목소리가 또렷하게 들리지는 않았지만 엄마는 분명 울고 있었다. 나는 귀를 방문에 더 밀착시키며 집중했다.

"그래, 누군가를 짝사랑한다는 게 이렇게 마음 아픈 거더라고. 배신감에 치가 떨려. 밥도 안 넘어가고 자다가도 벌떡 일어나. 수정이 너는 이런 기분 알 턱이 없지. 너는 배신 따위와는 거리가 멀 테니까."

엄마 친구 수정이 아줌마와 통화 중인 모양인데 내용이 충격이었다. 엄마가 누군가를 짝사랑하고 있다니. 내용상 아빠는 아닌 거 같고, 인터넷에 오르내리던 그런 일들이 엄마에게도 일어나고 있는 건가? 이래도 되는 건가? 혼란스러웠다. 절대 아는 척하면 안 되겠지? 죽을 때까지 입 다물고 있어야겠지? 아무래도 그래야 우리 집의 평화를 지킬 수 있을 거 같았다.

패앵! 팽!

엄마가 코를 풀며 울었다.

"나도 마음 굳게 먹었어. 짝사랑 따위는 이제 안녕하려고. 대신 그 사랑을 우리 신우에게 주려고. 솔직히 우리끼리 얘기지만 우리 신우 참 불쌍한 아이잖니? 지 형한테 가려서 기도 한번 못 펴 보고 천덕꾸러기처럼 살았지. 점쟁이도 그러더라고. 신우가 그놈보다 훨씬 효도할 거라고. 아, 그래그래! 알았어. 그렇다고 해서 내가 또 신우를 짝사랑하는 일은 없어. 안 해, 안 한다고! 자식은 자식이고 나는 나야."

나는 안도의 숨을 내쉬었다. 엄마가 말한 엄마의 짝사랑, 배신자는 형이었다. 엄마는 형을 투명 인간 취급하며 아무렇지도 않은 듯 행동하고 말하고 있지만 속으로는 그렇지 못했던 거다.

방으로 들어와 침대에 벌렁 누웠다.

"아들! 언제 왔니?"

얼마 후 엄마가 내 방으로 들어오며 물었다. 눈가에 얼룩진 눈물 자국은 남아 있었다. 코를 얼마나 풀어 댔는지 콧잔등도 벌겠다.

"조금 전에. 오자마자 샤워하고 지금 막 방에 들어왔어."

"그래? 배고프지? 뭐 해 줄까?"

방에서 나간 엄마는 순식간에 호떡 두 개를 구워 왔다.

침대에 앉아 느긋하게 호떡을 먹었다. 이런 과분한 대접을 받아도 되는 건지 불안한 마음이 들었다. 침대에 앉아 뭔가를 먹는 것은 형의 특권이었다. 엄마는 내가 침대에 앉아 물을 마시는 꼴도 보지 못했다. 물을 흘려 이불에 얼룩이라도 지면 어쩌느냐고 말이다.

호떡을 다 먹고 침대에 벌렁 눕다가 도로 일어났다. 번개처럼 머리를 스치고 지나가는 생각이 있었다. 바다로 떠내려간 한 짝의 구두 말고 다른 한 짝의 구두. 그 구두는 지금 어디에 있는 거지? 그 구두가 왜 이제야 생각나는지 모르겠다. 상담 선생님과 빨간 구두 얘기를 하면서도 내 머릿속에는 온통 바다에 빠진 그 구두만 있었다.

'소라가 던졌었고 던진 구두는 내 얼굴을 후려치고 나서 교실 바닥에 떨어졌어. 그때 하연이가 구두 쪽으로 달려갔고 다른 여자아이들도 우르르 몰려갔어. 그다음은 상호가 등장해서 속보를 터뜨렸고…… 그럼 그 구두는 누가 가져간 거지?'

구두 한 짝의 행방이 묘연했다. 소라가 도로 집어 갔을리는 없다. 그럼 하연이? 그것도 아닐 거다. 구두 한 짝을 뭐에 쓰려고? 거기에다 나와 소라가 연관된 구두다. 하연이나 다른 아이들이 가져가지도 않았을 거다.

"그렇다면 쓰레기통?"

그 생각을 하는 순간 구두 한 짝을 찾아야겠다는 생각이 솟구쳤다. 그걸 찾아서 뭐에 쓸 거냐고 묻는, 머리 한쪽에서 낮은 목소리도 들렸지만 찾아야겠다는 생각에 금세 덮어졌다.

나는 집에서 뛰쳐나왔다. 비바람은 대단했다. 비바람을 뚫고 학교에 도착해 교실로 들어가 쓰레기통을 뒤졌다. 빨간 구두는 없었다.

'하긴 청소 당번들이 이미 쓰레기통을 비웠겠지.'

내가 왜 이런 무모한 짓을 하고 있는지 의아해하면서도 나는 쓰레기장으로 달려갔다. 비바람과 맞서며 분리수거함을 파헤쳤다. 어디에도 빨간 구두는 없었다.

'이게 뭐 하는 짓이야.'

어느 순간 헛웃음이 나왔다. 스스로 생각해도 어이가 없었다. 생각 없이 사는 놈 같아서 멍청하다는 생각도 들었다. 이러니 소라가 나를 무시했던 거다. 나는 쏟아지는 빗속에서 한참 동안 서 있었다. 비를 맞고 감기라도 걸려 며칠 죽을 듯 앓고 싶었다. 다 잊고 끙끙 앓고 싶었다. 소라도, 빨간 구두도, 그리고 빨간 구두를 찾는 상담 선생님도.

주변이 어둑어둑해져서야 나는 길게 한숨을 내쉬며 돌아섰다. 이미 우산은 필요 없었다. 나는 우산을 접어 들었다. 분리수거장이 있는 건물을 돌아설 때였다. 나는 걸음을 멈췄다. 저만큼 빗속에 서 있는 사람의 모습이 보였다. 상담 선생님이었다.

'뭐 하는 거야?'

나는 내 눈을 의심했다. 상담 선생님이 하늘을 향해 두 팔을 펄럭이고 있었다. 쏟아지는 비를 그대로 맞으며 말이다. 날개가 젖어 날 수 없는 나비처럼 상담 선생님은 애타게 두 팔을 펄럭였다. 그 모습은 물길을 헤쳐 나가는 물고기 같았다. 상담 선생님은 한 번씩 고개를 쳐들고 빗물을 받아 마셨다.

'미쳤나 봐.'

절대 정상적인 사람의 모습은 아니었다.

어둠은 더 짙어지고 비바람도 더 심해졌다. 어둠에 가려 상담 선생님은 더 이상 보이지 않았다. 집으로 돌아와서도 충격은 가시지 않았다.

괴상한
행동

비는 어제보다 더 거세게 퍼부었다.

"아이쿠, 우리 오신우! 학교 가냐?"

누군가 내 어깨에 손을 올리며 우산 안으로 들어섰다. 상호였다.

"그럼 그럼, 그래야지. 공부는 안 해도 학교는 열심히 다녀야지. 우리 엄마가 그러는데 학교라는 것이 꼭 공부하기 위해 다니는 곳이 아니라더라. 가방만 메고 다녀도 배울 게 있는 게 학교란다. 우리 누나한테 한 말이다. 우리 누나가 심심하면 학교 빼먹거든. 그런데 오신우, 어제 급식 먹고 나서 소라랑 비 맞고 얘기하고 있던데 아직 해결하지 못한 거야? 소문이 계속 돌고 있어. 네가 소라 다리를 만지려고 했다는…….”

“그만해!”

‘다리’라는 소리만 들어도 억울함이 밀려왔다.

“나는 오신우 너를 믿지. 완전히 믿지. 하지만 다른 아이들이 안 믿어 준다는 게 문제지. 빨리 해결해라.”

상호가 내 어깨를 토닥이며 말했다.

“아참, 그날 있잖아. 네가 두 가지 속보를 물고 온 날. 김나성 폭행 사건과 상담 샘이 온다는 소식. 그날 혹시 빨간 구두 한 짝 못 봤냐?”

나도 모르게 사라진 구두 한 짝에 집착하게 된다. 왜 그러는지 알 수 없지만 구두의 행방이 궁금했다. 대체 어디로 간 건지. 다 잊어야지 하면 할수록 더 궁금했다.

“아하, 문제의 그 빨간 구두? 네가 소라한테 선물해 놓고 헤어지게 되자 도로 달라고 했다면서? 한 짝은 이미 잃어버렸는데 치사하게 한 짝을 내놓으라고 했다고 그러던데? 신우 너 찌질이라고도 서서히 소문나고 있는 중이다.”

“아, 좋아. 그래! 나 찌질이다. 하지만 너무 화가 나서 참을 수가 없는데 어떻게 하냐? 참다가는 내가 폭발해서 가루가 될 거 같은데. 그런데 그 구두 누가 가져갔냐?”

"나도 모르지. 나는 그 빨간 구두에 대해 말만 들었지. 구경도 못 해 봤다."

상호가 고개를 저었다.

"그런데 우리의 착하디착한 오신우가 어쩌다가 여친 다리를 슬쩍 만지려다가 차인 놈에다가, 찌질하다고 소문이 났는지 내가 다 안타깝다. 신우 네가 그런 아이가 아니라는 건 누구보다 내가 잘 알고 있는데. 야, 오신우. 상담 샘한테 상담해 봐라. 소라가 연관되어 있으니까 그것도 연애 상담 아니냐? 가 봐, 적극 추천한다. 나도 상담실에 한 번 가 보고 싶은데 상담 거리가 없어서 못 가겠네. 상담 샘을 가까이에서 보고 싶은데. 사실은 있잖아. 하연이가 한 번 갔었다고 하더라."

"하연이가? 상담실에?"

"응. 궁금해서 간 거지. 상담할 것도 없으면서 슬픈 연애를 하고 있어요, 이러고 거짓말하면서. 그런데 있잖아. 하연이가 말을 꺼내자마자 상담 샘이 '소설가가 되고 싶니? 나는 네가 쓴 소설이 궁금하지 않구나?' 이러더래. 만들어 낸 이야기라는 걸 단박에 알아차린 거지. 나도 이야기 하나 만들어서 가 보려고 했는데 그 얘기를 들으니까 못 가겠더라고. 오신우, 너는 가 봐라."

"됐다. 내가 왜?"

애가 자꾸 왜 상담실을 들먹인담. 뭘 알고 그러는 거는
아니겠지.

"아직 해결하지 못한 '다리' 문제가 있으니까 비록 헤어
졌어도 상담거리가 되긴 하지. 다리를 만지려고 한 것도
아닌데 자꾸 다리를 만지려고 했다고 뒤집어씌워요. 이럴
때는 어떻게 하면 좋을까요? 이러고 상담해 봐."

"됐다."

우르릉 쾅쾅!

천둥 소리가 요란해지고 빗줄기도 더 굵어졌다.

"어? 상담 샘이다!"

교문을 들어서다 상호가 걸음을 멈췄다. 운동장 저만큼
상담 선생님이 걸어가고 있었다.

"저 빨간 캐리어는 왜 매일 끌고 다니냐? 상담실에 두
고 다니면 되는데."

한 손으로는 우산을 받쳐 들고 한 손으로 캐리어를 끌
고 가는 모습이 힘들어 보였다.

"뭐가 들어 있는지 궁금하네. 빨리 그럴듯한 사연 하나

만들어서 상담실에 가 봐야겠다."

상호가 중얼거리듯 말했다.

"야, 우산 좀 잠깐 빌려줘라."

중앙 현관에서 실내화를 갈아 신고 있는데 나찬이가 앞에 버티고 서며 말했다. 갑작스러운 나찬이의 등장에 깜짝 놀랐다.

"왜 이렇게 놀라? 내가 귀신으로 보이냐? 화단에 뭐 떨어져서 주우러 가야 한다고! 우산 좀 줘 봐."

나는 재빨리 우산을 내밀었다. 실내화를 갈아신은 상호는 슬쩍 나찬이의 눈치를 보더니 먼저 계단으로 올라가 버렸다. 나찬이는 화단을 휘젓고 다녔다. 찾는 게 눈에 띄지 않는 모양이었다. 한참을 기다리다 나는 교실로 왔다. 우산은 버려도 그만, 나찬이가 가져가도 그만이었다.

교실로 들어서는데 교실 분위기가 이상했다. 하연이가 교실 중앙에 서 있고 다들 하연이를 중심으로 서 있었다. 이 묘한 분위기가 설마 나 때문에 만들어진 건 아니겠지? 다리 이야기도 빨간 구두 이야기도 아니길 바라며 나는 자리에 앉았다.

"그러니까 뭐냐? 다시 한번 육하원칙에 의해서 제대로

말 좀 해 봐라. 앞에 나올 말 뒤에 하고 뒤에 나올 말 앞에 하지 말고. 그걸 보고 두서가 없는 말이다, 이러는 거다."

상호가 말했다.

"말만 알아들었으면 된 거잖아. 앞에 나오고 뒤에 나오고 그런 게 뭐가 중요해? 그런데 하연아, 진짜 본 거야?"

누군가 말했다.

"봤다잖아. 봤다고 하면 믿으면 되는 거지 왜 자꾸 확인하려고 해? 나는 어제 하연이한테 전화받았었어. 엄청 놀란 목소리였어. 얼마나 놀랐으면 덜덜 떨기까지 했겠니."

소라였다.

"좋아. 다시 한번 육하원칙에 의해 말하지. 앞에 나올 말 앞에 하고 뒤에 나올 말 뒤에 할 테니까 잘 들어. 내가 어제 도서관에서 무슨 책 좀 찾느라고 늦게 집에 갔거든."

"아이고야, 하연이가 도서관에?"

상호가 말했다.

"야, 지금 그게 핵심이 아니잖아? 좀 조용히 해 봐. 조용히 하지 않을 거면 교실에서 당장 나가."

소라가 말했다. 상호는 입을 꾹 다물었다.

"앞이 안 보일 정도로 비가 쏟아지고 있었어. 중앙 현관

쪽 문은 닫혀 있어서 뒷문으로 나갔거든. 그런데 상담 선생님이 빗속에서 몸부림을 치고 있는 거야. 어디가 아픈 사람처럼 두 팔을 퍼덕거리고 빗물을 꿀꺽꿀꺽 받아 마셔. 좀 이상한 거 맞지?"

하연이도 내가 봤던 걸 본 모양이었다.

"하연이 네 말이 사실이라면 상담 샘, 정신이 이상한 거 맞네. 겉으로 보기에는 멀쩡하게 생겼는데 이상하다."

누군가 말했다.

"야. 학교에 취업하려면 건강 진단서나 뭐 그런 것도 다 내는 거 아니냐? 설마 정신이 이상한 사람을 학교에 취업시켰겠냐? 그건 학생들을 위험에 빠뜨리는 거지."

상호가 말도 안 되는 소리 하지 말라고 했다.

"답답하네. 진단할 수 없는 질환 같은 것일 수도 있잖아. 혈액 검사, 시티(CT) 검사, 엠아르아이(MRI) 검사 이런 것에 나타나지 않는 질병도 있을 거야. 스트레스로 머리가 획 돌아 버린다거나. 또 어디서 봤는데 사람이 머리가 너무 좋아도 미친다고 하던데? 아니면 특별한 날에만 증상이 나타나는 병이거나. 예를 들면 보름달이 뜨는 날이나 폭우가 쏟아지는 밤, 또는 달빛도 별빛도 한 점 없는 밤."

하연이가 말했다.

"아! 내가 어디서 봤더라? 어디서 봤는지 갑자기 생각이 안 나는데 폭우가 쏟아지는 날이면 몸부림을 치면서 소리를 지르고 하는 사람이 있다는 걸 인터넷에서 본 거 같아. 나하고는 상관없는 일이라 대충 봐서 잘 생각이 안 나는데 그런 질병 같은 건가? 폭우가 쏟아지는 날 발병하는 병이 있나?"

누군가 말하면서 교실은 한순간 잠잠해졌다.

"아, 나도 인터넷에서 봤어. 나도 어느 사이트에서 봤는지 정확히 기억나지는 않는데 분명히 봤어."

상호가 말했다.

"어이, 오신우."

그때였다. 교실 앞문으로 나찬이가 나타났다. 나찬이가 내 이름을 부르는 순간 교실은 조용해졌다. 나찬이가 내 이름을 어떻게 알고 있을까? 내가 2학년 1반이라는 건 또 어떻게 알고 있을까? 나처럼 한쪽에 찌그러져서 생활하는 아이를 대체 어떻게 알고 있을까. 설마 그날 농구대 뒤에 서 있던 나를 본 건 아니겠지. 몰래 운동장을 빠져나가던 나를 본 건 절대 아니겠지. 불안함이 파도처럼 밀려들었다.

"잘 썼다."

나찬이가 우산을 건네주고는 내 어깨에 손을 올리며 히죽 웃었다.

"혹시 내가 도와줄 일이 있으면 언제든지 말해라. 괴롭히는 놈이 있으면 부담 갖지 말고 말해."

나찬이는 한마디 더 하고는 돌아갔다.

"뭐냐? 나찬이가 너한테 왜 이렇게 친절하냐? 나도 저번에 우산을 빌려준 적 있었거든. 빌려 가더니 안 가져오는 거야. 나중에 가 보니까 내 우산을 길바닥에 내팽개쳐 놓고 갔더라. 그런데 이 상황은 대체 뭐냐?"

상호가 물었다. 나도 모르겠다. 지금 이 상황이 뭔지. 아이들이 떼로 몰려와 이 상황을 설명하라고 말했다. 나는 도망치듯 화장실로 갔다. 김나성을 그렇게 만든 아이가 나찬이라는 것을 아이들은 다 알고 있다. 밖으로 말을 꺼내지 않을 뿐, 그리고 증거가 없을 뿐 그걸 반박하는 아이는 없다. 이런 상황에서 나찬이가 나에게 친한 척했다. 아이들은 의심할 거다. 김나성 폭행 사건에 내가 연루되었을 수도 있다고 말이다. 왜 이렇게 억울한 일만 일어나는지 모르겠다. 비가 주룩주룩 내리는 창밖을 내다보다 화장실에서 나왔다. 화장실 입구에 소라가 서 있었다.

"너, 나찬이 선배랑 친하니?"

나는 갑자기 훅 들어온 펀치에 당황했다. 지금 상황이 그런 질문을 한다고 해서 전혀 이상하지는 않지만 그래도 당황스러웠다.

"치, 치, 친하긴 누가 치, 친해?"

"왜 말을 더듬고 난리야? 언제부터 친한 거니? 운동장에서 만났던 거 맞지? 네가 나찬이와 친할 일이 뭐가 있어? 운동장에서 만나고 나서 친해진 거지."

소라는 연거푸 펀치를 날렸다.

"치, 친한 거 아니라고. 중앙 현관 앞에서 우산을 빌려 줬고 그 우산을 돌려주러 왔을 뿐이야. 됐다. 내가 왜 너한테 이런 걸 하나하나 설명하고 있냐? 어차피 믿어 주지도 않을 건데."

나는 교실로 들어왔다.

나는 온종일 멍하니 비가 내리는 창밖만 바라봤다. 아무리 생각해도 나찬이가 그날 운동장에서 나를 봤던 게 분명했다. 그렇지 않고서야 나에게 그 정도로 살갑게 굴 수는 없다. 입을 꾹 다물고 있으라는 뜻이겠지.

'결국은 다 소라를 사귀면서 시작된 거네.'

생각해 보니 그랬다. 별일이라고는 일어나지 않는 평범한 내 일상이 소라를 사귀면서 흔들렸고 흔들리는 규모와 진동은 점차 커지고 있다. 소라만 사귀지 않았다면 일어나지 않았을 일들이었다. 상호가 했던 말이 다시 떠올랐다. 소라가 홧김에 나를 사귀는 거라던 그 말을 왜 나는 단 한 번도 깊게 생각해 보지 않았을까. 나와 소라가 어울리지 않는다는 말을 왜 믿지 않았을까.

오징어 다리 상호가 말하는 걸 무시했던 게 잘못이었다. 소라가 사귀자고 한 말에 내 정신이 아니었다. 솔직히 말하면 나는 소라가 나를 좋아하는 줄 알았었다. 아주 많이는 아니어도 조금이라도 좋아하는 마음이 있으니까 나에게 사귀자는 말을 했을 거라고 믿었다. 김나성에게 차여 홧김에 사귀자고 해도 좋아하는 마음이 조금이라도 없으면 그럴 수 없다고 믿었었다. 그 믿음은 산산이 깨졌다. 내가 한없이 초라하고 불쌍해 보였다. 더 기가 찬 것은 나찬이 눈에 띈 거다. 나찬이 눈에 띄었다면 편한 학교생활을 해 나가는 데 문제가 발생할 수 있다.

'김나성을 계속 좋아하고 있는 줄 알았다면 절대 사귀

지 않았을 거야. 다 내가 멍청하고 바보 같아서 일어난 일이지 뭐.'

쏟아지는 비를 바라보는데 말도 못하게 우울했다.

수업이 끝나고 제일 늦게 교실에서 나왔다. 1층으로 내려왔을 때 상담 선생님이 서 있었다.

"집에 가는 길이니? 잠깐 보자."

'어떻게 하지?'

어제 그 모습을 봐서인지 선뜻 따라가기가 망설여졌다.

"잠깐 상담실로 가자."

상담 선생님이 앞장섰다.

'아, 몰라. 정신이 이상해도 나한테는 뭘 어떻게 하지는 않겠지. 그리고 이상한 행동을 하면 잽싸게 도망치면 되는 거지. 뭔 걱정? 설마 잡아먹기야 하겠어?'

나는 상담실로 따라갔다.

상담실 안은 따뜻했다. 여전히 포트에는 물이 끓고 있었다. 상담 선생님은 빨간 캐리어에서 차 티백을 꺼냈다. 선생님은 끓는 물을 컵에 따르고 티백을 넣었다. 점점 짙은 보라색으로 변하는 물을 물끄러미 바라봤다. 후회가 밀물처럼 밀려들었다. 이제 와서 후회해 봤자 소용 없는 일이지만 문자를 받았을 때 구두를 돌려주었더라면 얼마나 좋았을까. 어차피 구두를 잃어버리고 소라와 헤어질 걸 알았더라면 그때 소라와 싸워서라도 구두를 돌려주었을 거다. 상담 선생님이 천만 원의 주인공인지 아닌지 확실히 알 수는 없지만 구두를 잃어버리기 전에 그렇게 했다면 지금처럼 불안하지는 않았을 거다.

"거래는 안 할 거니? 아직 생각 중이야?"

상담 선생님이 물었다.

"아니요. 생각 끝났어요. 그냥 상담 안 할래요."

나는 잘라 말했다. 그리고 다시는 상담실에 오지 않을 거라는 결심도 굳혔다. 상담 선생님에게 말도 못 하게 미안했지만 할 수 없었다. 내가 바다로 나가 구두 한 짝을 찾아올 수도 없었고 어디론가 사라진 다른 한 짝을 찾을 방법도 없었다.

다리와 영혼을
빼앗아 가는 물고기

> 오신우, 너 미쳤니?

낮잠을 늘어지게 자고 일어났을 때 소라에게 문자가 와 있었다. 얘가 또 왜 이러는지 모르겠다. 무슨 애가 사람 마음이 편한 꼴을 못 보고 수시로 쑤셔 대고 있다.

> 안 미쳤다.

안 미쳤다고 잘라 말해서인지 소라는 잠잠했다. 나는 다시 잠 속에 빠져들었다. 얼마쯤 자다가 일어나니까 문자가 와 있었다.

자니?

자는 거 맞네, 맞아. 신기하다.
너는 이 상황에서 잠이 오니?

배배 꼬는 말투가 문자에서 느껴졌다. 그건 나도 신기하다. 지금 내 상황은 그야말로 상상 초월이다. 감당하기에 벅차다. 그런데도 눕기만 하면 기다렸다는 듯 잠이 쏟아진다. 잠을 못 자고 고민해도 모자랄 판에 말이다.

전화할 테니까 받아!

금방 전화가 왔다.

"너 상담실에 갔다면서? 너 미쳤니? 거긴 왜 간 거야?"

잠시 혼란이 왔다. 상담실에 간 게 미친 건가? 그리고 내가 상담실에 간 건 누구에게도 말하지 않았는데 어떻게 알았을까. 그날 내가 상담 선생님을 따라간 걸 소라는 보지 못했을 텐데 말이다.

"하연이가 상담 샘이 이상한 행동하는 걸 분명히 봤어.

그걸 보고 바로 나한테 전화했었거든. 그건 절대로 정상적인 사람이 하는 행동이 아니야. 그런데 그 소리를 듣고도 상담실에 가? 너 제정신이니? 앞으로는 절대 상담실에 가지 마."

소라는 명령하듯 말했다. 기분이 묘했다. 소라에게 반항하고 싶었다. 소라 제가 뭔데 이래라 저래라인지 모르겠다. 아닌 말로 저랑 나랑 현재 사귀는 사이도 아니고 말이다.

"왜 대답 안 해?"

"남이야 가든 말든."

"여태 말했잖아? 상담 샘 좀 이상한 사람이라고. 그리고 내가 인터넷을 좀 찾아봤는데 말이야. 상호가 그랬잖아. 어떤 사이트에서 그런 이야기를 본 거 같다고. 그래서 찾아봤어. 그런데 충격적인 이야기가 나와 있더라. 사람의 다리와 영혼이 필요한 물고기가 사람으로 변신했다는 이야기였어. 폭우가 쏟아지는 날이면 물로 돌아가고 싶어서 빗속에서 몸부림친대. 빗물도 마시고……. 딱 하연이가 말했던 상담 선생님 모습과 아주 똑같아."

"그래서 상담 샘이 물고기라는 말이야? 너, 옛날 이야기 하고 있냐? 그런 내용은 전래 동화에도 없는데? 아니면 신종 공포물이냐? 웹툰이냐, 웹소설이냐?"

"야, 오신우! 나는 네가 걱정이 되어서 하는 말이야."

"네가 왜 내 걱정을 하냐? 너랑 나랑 무슨 사이라고."

"얘가 이상한 걸 먹었나? 왜 이렇게 배배 꼬였어? 무슨 사이가 아니면 걱정도 못 하니? 같은 반 친구끼리 걱정도 못 해? 걱정해 주면 고마워하지는 못할망정 말을 왜 그따위로 하니?"

나는 소라가 소리치는 순간 전화를 끊어 버렸다. 너는 왜 나한테 말할 때마다 그 따위냐는 말이 목구멍을 치솟고 나오려고 했지만 참았다. 예전에 김나성한테 하는 거 보면 친절하고 부드럽고 다정하기가 하늘을 찌르더니.

'진짜 그런 이야기가 있나?'

나는 인터넷 검색에 돌입했다. 하지만 아무리 찾아도 '사람의 다리와 영혼이 필요한 물고기'에 대한 정보는 찾을 수 없었다. 나는 상호에게 전화했다.

"소라도 찾아봤대? 나도 하연이 말을 들을 때 어디서 본 거 같다는 생각을 했었잖아? 가만 생각해 보니까 물고기가 어쩌고저쩌고한 거 같아서 말이야. 다시 찾아봤거든. 그런데 싹 사라졌어. 다 사라지고 없던데 소라는 어디서 찾았지? 어떤 얘기냐면 있잖아. 아, 이건 절대 만들어 낸 이야기가 아니다! 어떤 회사원이 있었어. 어느 날 소개팅으로 여자를 만났는데 첫눈에 마음에 들었대. 둘은 사귀기 시작했어. 그러던 어느 날 천둥 번개와 함께 폭우가 쏟아지던 날 밤이었대. 카페에서 차를 마시다가 여자가 갑자기 밖으로 나가서 돌아오지 않더래. 남자는 당연히 찾아 나섰지. 그리고 건물 뒤 으슥한 장소에서 그 여자를 발견했는데 비를 맞으며 하늘을 향해 고개를 쳐들고 있더래. 팔딱팔딱 뛰기도 하고 흐느적흐느적 몸을 흔들기도 하면서……. 번개가 칠 때마다 그 모습이 고스란히 드러났는데 마치 땅으로 나와 거의 말라 죽어 가던 물고기가 빗물 속에서 헤엄치는 거 같았대. 남자는 당연히 여자가 정신이 좀 이상하다고 믿었어. 그다음에도 폭우가 쏟아지면 여자는 그런 행동을 했어. 남자는 고민에 빠졌어. 그만 만날까? 하지만 도저히 헤어질 수가 없었대. 여자를 무지무지하게 좋아했거든."

"그래서?"

"남자는 여자의 병을 고쳐 주려고 마음먹었어. 아무리

힘들어도 포기하지 않고 말이야. 결론은 어떻게 되었느냐! 그 남자가 다리와 영혼을 빼앗겼대."

"그럼 그 여자는 남자를 좋아했던 게 아니라 다리와 영혼을 빼앗으려고 접근했던 거네?"

남자가 불쌍했다. 다리와 영혼을 빼앗겼다는 사실보다 '자신을 좋아하지 않는 여자를 혼자 좋아하느라고 얼마나 힘이 들었을까?' 하는 생각에 마음까지 아팠다.

"그것까지는 정확히 모르겠고. 오신우, 다리를 빼앗겼다면 보통 다리가 없어진다고 생각하잖아, 그치? 그런데 아니었어. 다리는 멀쩡히 있어. 하지만 남자는 여자가 사라진 다음 날부터 신발을 신고 다니지 않았대. 신발을 신겨 주면 벗어 버리고, 다시 신겨 주면 벗어 버린 거지. 그리고 비가 쏟아지는 날이면 우산도 쓰지 않고 비를 맞고 계속 돌아다녔대. 밤새 비가 내리면 밤새 돌아다닌 거지. 맨발로. 신발을 신지 않는 것과 비가 내리는 날이면 그런 행동을 하는 것 외에는 아주 멀쩡했어. 회사도 다니고 카페에도 가고 식당에도 가고. 이게 내가 본 사람의 다리와 영혼을 빼앗아 가는 물고기 이야기야. 21세기에 무슨 말도 안 되는 헛소리냐고 댓글도 무지하게 많이 달렸었거든. 소설 쓰지 말라고 빈정거리는 댓글도 있었어. 그런데 그 남자와 똑같은 사람을 봤다는 댓글도 있었어. 하연이가 봤다는 상담 샘의 행동이 그 물고기 행동과 똑같아. 뭐 우연일 수도 있지만……. 내가 한번 가 볼까? 물고기인지 아닌지 확인할 수 있는 방법을 알고 있거든."

"진짜? 어떤 방법인데?"

"댓글에서 봤는데 확실한 건지 아닌지는 잘 몰라. 음…… 그 물고기는 비늘이 마르지 않게 하기 위해 해초를 먹는대. 그러니까 가지고 다니는 물건 중에 해초가 있다는 말이지. 해초가 뭔지 알지? 미역이나 다시마 뭐 이런 거. 그리고 보니까 그 빨간 캐리어를 매일 끌고 다니는 게 수상해. 빨간 캐리어 안을 확인하면 상담 샘의 정체를 알 수 있을 거야. 한번 확인은 해 보고 싶어. 물고기가 아니라면 상담 샘 좀 이상한 사람인 거잖아? 너는 직접 보지 않아서 상상이 안 되겠지만 하연이는 엄청 놀란 거 같아."

나도 봤다. 나도 하연이만큼 놀랐다. 거기에다 나는 상담 선생님과 마주 앉아 이야기도 나눴다. 내가 상담 선생님을 만나면서 느꼈던 것은 선생님이 부드럽고 다정한 사람이라는 점이었다. 그래서 내가 빗속에서 본 게 잘못 본 건 아닌지 그런 생각이 들었었다.

"사실 우리가 말한 그 물고기가 아니더라도 학교에서 학생들을 상담하는 상담 샘이 이상하다면 그것도 보통 일이 아니야. 파헤쳐 봐야 해."

상호는 그럴듯한 이야기를 하나 만들어서 내일이라도 당장 상담실에 찾아가 볼 거라고 했다. 하연이가 가짜라고 들통이 난 것은 하연이가 연애 경험이 없어서 연기가 서투른 탓이라고 했다. 상호는 풍부한 경험에서 나온 연기로 상담 선생님을 속일 자신이 있다고 했다.

전화를 끊은 상호가 다시 전화한 것은 10분 정도 후였다.

"야, 오신우."

상호 목소리는 격앙되어 있었다.

"야. 너 상담실에 갔었다며? 너 어쩌면 그럴 수가 있냐? 나 너한테 완전 배신감 느끼고 있는 중이다. 왜 갔다 왔으면서도 안 간 척하고 있느냐고? 와, 진짜 세상에 믿을 사람 없다더니 오신우가 내 뒤통수를 치네."

"어, 어떻게 알았냐? 아, 아, 아니, 내가 가고 싶어서 간 건 아니고 상담 샘이 먼저 오라고 해서 간 거지. 말 안 한 건 특별한 일이 없었기 때문이고."

나는 소라와 비를 맞았던 그날 상담실에 갔었던 일을 상호에게 말했다. 가긴 갔는데 이미 소라와 헤어졌기 때문에 상담은 하지 않았다는 말도 했다.

"좋다. 이 형님이 한 번은 용서해 주도록 하지. 그런데, 오신우. 상담 샘에게서 이상한 점은 못 느꼈냐?"

상호가 물었다.

"응, 그냥 평범한 사람이던데?"

나는 하연이가 봤던 것을 나도 봤다는 건 비밀로 하기로 했다. 어쩐지 그래야 할 것 같았다.

"그래? 상담도 안 했다는 말이지? 상담실에 얼마 동안 있었는데?"

"한 30분 정도?"

30분 정도라고 말한 건 실수였다. 상호는 30분 동안 아무 상담도 하지 않았다는 게 이상하다며 솔직히 말하라며 집요하게 물었다. 무슨 말이라도 하지 않으면 절대 그냥 넘어가지 않을 거 같았다.

"야, 오신우. 내가 너한테 얼마나 잘해 주었는지 잊은 건 아니지?"

이러면서 사람 마음을 약하게도 만들었다. 나는 그 말에 흔들렸다. 상호는 한쪽 구석에 찌그러진 깡통처럼 처박혀 있던 나에게 관심을 가져 주었다. 시시때때로 말을 걸어 주고 뭘 물어보면 조언을 아끼지 않았었다. 따지고 보면 십오 년을 살면서 나에게 가장 잘해 주었던 아이가 상호다. 나는 상담 선생님이 빨간 구두를 찾고 있으며 나에게 도와 달라고 부탁했다는 말을 했다.

"혹시 상담 샘이 찾고 있다는 빨간 구두가 네가 중고 마켓에서 사서 소라에게 선물한 그 빨간 구두는 아닌 거지? 설마 그런 우연의 일치가 있을 턱이 있나? 그런 우연의 일치는 영화에서나 가능한 일이지."

"그 빨간 구두가 맞아. 상담 샘이 찾고 있는 빨간 구두 사진을 보여 줬거든."

"진짜?"

"응. 확실해."

"그 빨간 구두가 혹시 수백 년 전 유물 아냐?"

상호도 나와 같은 생각을 했다.

"나도 너랑 똑같은 생각을 해서 물어봤거든. 그런데 아니래. 그냥 자기한테만 소중한 구두래."

"뭐 이런 일이 다 있냐? 그 빨간 구두를 찾으려고 일부러 우리 학교에 지원해서 온 거라는 말이잖아? 유물은 아니고 그럼 뭐지? 그렇게 중요한 걸 왜 중고 마켓에 내다 팔았지? 아, 그래서 네가 중고 마켓에서 그 구두를 산 아이라고 말했어?"

"아니."

"잘했어. 어차피 구두는 잃어버렸고 공연히 밝힐 필요는 없지. 소중하고 중요한 걸 완전히 잃어버렸다는 걸 아는 순간, 상담 샘 눈이 확 돌아갈 수도 있거든. 너한테 해코지를 할 수도 있다는 뜻이야. 신우 네가 잘못한 건 없어. 너는 그 구두를 정당하게 돈을 지불하고 샀으니까. 하지만 네가 잘못하지 않았어도 억울한 일과 무서운 일은 일어날 수 있거든."

상호가 심각하게 말했다. 나는 상호에게 사실을 털어놓기를 잘했다고 생각했다. 하지만 천만 원 이야기는 입이 떨어지지 않았다. 상호가 생각하는 '오신우는 착한 아이'라는 생각을 천만 원이 확 깰 수도 있다. 상호가 안고 있는 환상을 깨는 일은 나를 감싸고 있는 보호막을 깨는 것과 마찬가지로 위험한 일로 생각되었다. 상호는 계속 나를 착한 아이로 알고 있어야 한다. 그래야 나를 보호하고 싶은 생각을 쭉 할 거다.

"오신우 네가 보기에 그 구두가 특별한 점이 있었니?"

특별하긴 무슨. 보통의 구두보다 유행이 훨씬 지난 아주 촌스러운 디자인에 색도 바랬다. 종량제 봉투에 넣어서 버릴까, 두 눈 딱 감고 헌 옷 수거함에 넣을까 고민할 정도로 낡고 낡은 구두다. 색깔만 소라 티셔츠와 걸맞지 않았다면 절대 눈길도 주지 않았을 구두다.

"아니."

"오신우. 너, 하연이가 상담실에 갔었느냐고 물어보면 안 갔다고 해라. 하연이가 이미 소라에게도 말했을지 모르는데 소라가 물어봐도 상담실에는 안 갔다고 해라. 많은 아이들이 알게 되면 상담 샘의 비밀을 파헤치는 데 방해가 돼."

"너는 내가 상담실에 갔었던 거 누구한테 들은 건데?"

"하연이가 상담실에서 나오는 아이를 얼핏 봤는데 꼭 오신우 너같이 생겼다고만 말했거든. 하연이도 정확히 모르고 있더라고. 나는 넘겨짚은 거고."

상호에게 낚였다. 나는 늘 이렇다. 상호가 쳐 놓은 그물에는 여지없이 낚인다. 상호가 미끼를 던지면 먹어도 되는 건지 먹어서는 안 되는 건지 고민조차 하지 않고 덥석 문다. 그래도 오늘은 상호가 쳐 놓은 그물에 낚인 게 그다지 잘못한 일은 아니었다. 상호에게 말한 건 잘한 일 같았다.

"이건 그냥 하는 질문인데 상담 샘 있잖아. 가까이서 보니까 물고기랑 닮은 점 없대?"

상호가 물었다.

"전혀."

나는 고개를 저었다.

그들의
계획

김나성이 학교에 왔다. 오른쪽 팔에 깁스한 김나성은 2교시가 거의 끝나 갈 무렵 운동장에 나타났다. 오전 햇살을 등에 업고 천천히 운동장을 가로질러 걷는 김나성에게 아이들 눈이 집중되었다. 나는 소라를 바라봤다. 소라 표정에서 안쓰러움이 묻어났다. 깁스한 김나성이 말도 못 하게 안쓰러운 게 분명했다. 말로 표현할 수 없는 배신감이 부글부글 끓었다.

상호가 점심시간 무렵 정보 하나를 물고 왔다. 친한 사이였던 김나성과 나찬이가 서로 모른 척한다는 말이었다.

"그런 건 새로운 정보도 아니지. 당연한 거 아니니?"

하연이가 말했고 누구도 하연이 말에 반박하지 않았다.

김나성의 팔을 그렇게 만든 게 누구인지 모두들 알고 있다는 뜻이다. 그러면서도 다들 침묵했다. 김나성조차도 침묵하고 있다. 소라가 자꾸 나를 건드리지만 나는 그 침묵을 깨고 싶은 생각은 추호도 없다. 김나성과 소라 사이에 내가 엮인 일만 없었다면 나는 양심의 가책을 느꼈을 수도 있다. 목격자이며 증인인데 이대로 그냥 있어도 되는 건가 갈등했을 거다. 하지만 소라가 파헤친 내 마음속에는 양심의 가책이라는 감정은 없었다.

나는 그날 운동장에 가지 않은 거다. 나는 수시로 내 스스로에게 최면을 걸었고, 최면의 결과인지 진짜 운동장에 가지 않은 듯한 착각이 들었다. 나찬이가 마음에 걸리기는 하지만 우산을 가져다준 이후 나찬이는 더 이상 나를 찾아오지 않았다. 안심해도 될 거 같았다.

수업이 끝나고 재빨리 중앙 현관을 빠져나왔다. 운동장을 가로질러 막 교문을 나설 때였다. 묵직한 손이 내 어깨를 짓눌렀다. 돌아보는 순간 숨이 멎는 듯했다. 나찬이였다. 말이 씨앗이 된다는 말은 들어 봤어도 생각이 씨앗이 된다는 말은 들어 본 적이 없었다. 아까 잠깐 나찬이 생각을 했는데 이런 일이 발생하다니. 나찬이 생각을 공연히 했다고 후회했지만 이미 늦었다.

"집에 가냐?"

나찬이 목소리는 부드러웠다. 혹시라도 이 광경을 우리 반 누군가가 보면 어쩌나 걱정되었다.

"괴롭히는 놈 없지?"

도대체 이 관심은 뭔지 모르겠다. 나처럼 구석에 처박혀 관심받지 않고 사는 아이들에게 장점이 있다면 괴롭히는 아이도 친하게 지내자는 아이도 없다는 거다. 무슨 사건이 터지거나 곤란한 일이 일어났을 때 의도치 않게 중립을 지킬 수 있다. 중립을 지킬 수 있는 위치는 안전한 위치다.

아, 그렇다고 해서 무조건 구석에 처박혀 입을 꾹 다물고 있어서는 안 된다. 그러면 만만한 아이가 된다. 만만한 아이가 되면 앞에서 나대는 아이와 똑같이 될 수도 있다. 처박혀 있다가도 적당한 선에서 한 번씩 목소리를 내야 한다. 하지만 중요한 일에 목소리를 내는 건 절대 안 된다. 시시콜콜한 학급 일에 어쩌다 의견을 내고 한 번씩은 학급의 허드렛일도 보란 듯 해야 한다. 예를 들어, 힘이 좀 있는 아이가 청소 당번일 때 대신 분리수거도 해 주고 쓰레기도 버려 주는 일 정도를 시크하게 하는 거다.

"없어요. 선배."

나는 공손히 말했다.

걱정은 현실이 되었다. 나찬이가 내 어깨에 손을 올린 채 교문을 나서는데 기다렸다는 듯 분식집 앞에 소라가 서 있었다. 소라의 강렬하고 의심에 찬 눈빛이 100미터 정도의 거리에서도 고스란히 느껴졌다.

"아이씨! 미치겠네."

"아이씨?"

나찬이가 이맛살을 찡그렸다.

"아, 아, 아니에요. 다, 다른 생각하다가."

나는 나도 모르게 두 손을 모아 싹싹 비볐다. 두 손을 비비면서 생각하니까 내가 참 초라했다. 하지만 초라해 보이는 것으로 죽진 않는다. 나는 비비던 손을 더 싹싹 비볐다.

나찬이는 우리 아파트 입구에서 내 어깨를 놔 줬다. 나찬이와 헤어져 아파트 놀이터에서 한참을 앉아 있었다. 나찬이가 손을 올렸던 어깨에 계속 나찬이 손이 올려져 있는 듯한 착각이 들었고 그 무게만큼 마음도 무거웠다.

'그날 나를 본 거 맞는 거 같아.'

내가 다른 사람을 볼 수 있었다면 다른 사람 역시 나를 볼 수 있다. 등골이 서늘해졌다. 단단하고 절대 끊어지지 않는 덫에 걸린 느낌이었다. 집에 돌아가려고 자리를 털고 일어나는데 바지 주머니에서 휴대폰 진동음이 느껴졌다. 소라였다.

"너 그날 운동장에 갔었지?"

좀 전에 나찬이와 같이 가는 걸 봤다느니, 나찬이와 친한 거 같다느니, 이런 말들은 하지 않았다.

"안 갔다고 했지? 왜 자꾸 운동장 타령이야?"

그렇지 않아도 심란해 죽겠는데 얘까지 난리다.

"갔잖아."

"아, 진짜. 안 갔다고! 안 갔어! 너 한 번만 더 그런 말하면……."

소리를 버럭 지르는데 뒤통수를 뭔가 치고 지나갔다. 그리고 벼락을 맞은 듯 머릿속이 환해졌다.

'혹시?'

저절로 침이 꼴깍 넘어갔다.

'소라와 김나성의 계획?'

심장이 터질 듯 뛰었다. 충분히 가능성이 있는 짐작이

다. 내가 왜 그 생각을 하지 못했을까. 소라가 운동장에 집 착할 때 그 정도 의심은 해 봤어야 했다. 그날 소라가 운동 장에서 만나자고 한 것부터가 이상했다. 뜬금없이 왜 운동 장에서 만나자고 했는지, 보충이라는 것은 아예 없다던 학 원 핑계를 댈 때 의심을 했어야 했다.

김나성과 나찬이가 운동장에서 만나 싸움을 벌일 것을 소라는 알고 있었던 거다. 아마도 김나성이 소라에게 말했 겠지. 김나성은 나찬이와의 싸움이 무서웠을 거다. 나찬이 와 싸워 봤자 깨질 게 뻔했고 죽을 만큼 맞을 수도 있다는 공포에 휩싸였을 거다. 그렇다고 해서 나찬이가 원하는 싸 움을 피할 방법은 없었을 거다. 김나성과 소라는 머리를 맞대고 의논했고 그 과정에서 나를 등장시키자고 했을 거 다. 싸움의 현장에 오신우를 등장시키자. 싸우는 걸 본 오 신우가 신고해 줄 수도 있다. 그러면 싸움은 중간에 끝을 낼 수 있다. 중간에 끝나지 않고 일이 커진다 하더라도 증 인을 확보하는 거다. 이러고 말이다.

휴대폰을 가지고 갔더라면 신고했을 수도 있다. 그랬다 면 김나성과 소라의 계획은 한 치의 오차도 없이 착착 들 어맞았을 거다. 문제는 휴대폰이었다. 김나성과 소라의 계획에 내가 휴대폰을 집에 두고 가는 건 없었다. 손발이 달달 떨렸다. 분노로 머리가 터질 거 같았다.

'소라가 김나성한테 차이고 나서도 김나성을 계속 좋아하고 있다는 사실을 김나성도 알고 있었던 거야. 그걸 김나성은 나찬이에게 말했을 테고 나찬이도 알고 있었던 거야. 그러니까 소라는 그 싸움에 끼어들 수가 없지. 소라가 끼어들면 나찬이는 김나성과 소라가 짠 걸 금방 알아차릴 테니까.'

나는 주먹을 꼭 쥐었다. 그렇다고 나를 끌어들이다니!

"내가 운동장에 갔으면 뭐? 왜? 소라 네가 궁금한 게 대체 뭔데?"

나는 소리쳤다.

"왜 소리를 지르고 난리야?"

"나는 소리 지르면 안 되는 거냐? 네가 뭐라고 하든 말든 너에게 조종당하는 에이아이(AI)처럼 고분고분해야 하냐?"

"누가 너보고 에이아이래? 나는 그날 운동장에서 있었던 일을 오신우 네가 봤는지 그게 궁금한 거지."

"내가 뭘 봤기를 바라는데?"

"야, 네가 뭘 봤기를 바라는 게 아니라 오신우 네가 본 게 궁금하다고. 말귀를 못 알아먹는 거야, 아님 못 알아듣는 척하는 거야."

"야, 황소라! 내가 그날 운동장에 갔는지 가지 않았는지도 비밀이고, 내가 뭘 봤는지 안 봤는지도 다 비밀이다. 아무것도 말하기 싫다고. 하지만 소라 네가 먼저 말을 하면 나도 말할 수 있어. 그날 운동장에서 만나자고 했던 이유를 솔직히 말해 봐. 네가 다니는 학원은 보충 같은 거 안 한다고 네 입으로 말했어. 그런데 학원 핑계를 대면서 운동장에서 만나자고 해 놓고 안 나온 이유가 뭐냐고?"

"내가 말했잖아. 다리 만지려고 한 놈하고는 만나고 싶지 않다고."

'다리 만지려고 한 놈'이라는 말을 듣는데 목 안이 싸하면서 따갑고 아팠다.

"다리 만지려고 한 놈하고 만나고 싶지 않은데 왜 자꾸 다리 만지려고 한 놈한테 전화하고 문자 보내고 말을 걸어? 다리 만지려고 한 놈을 이제부터는 제발 모르는 척해 줘라."

전화기 저편이 잠시 조용해졌다. 걷다 보니 어느새 아

파트 경비실 앞이었다.

"너는 내가 붕어인 줄 아냐? 생각하는 아이큐도 없는 줄 아느냐고? 아니지, 붕어도 생각한다더라. 나는 뭐 심장도 없는 사람인 줄 아냐? 나도 심장이 있어. 피가 뜨겁게 끓기도 하고 차갑게 식기도 한다고. 나는 쇳덩어리로 만들어진 로봇이 아니라고. 너, 김나성을 위해서라면 뭐든 하고 싶지? 너는 나와 사귀는 30일 동안에도 머릿속에는 항상 김나성이 있었지?"

나는 엘리베이터에 타면서 정신없이 말했다. 하지만 정작 하고 싶은 말은 나오지 않았다.

'김나성과 나찬이 싸움에 나를 이용하려고 했던 거지? 너 지금도 김나성 좋아하는 거 맞지?'

이 말은 차마 할 수 없었다. 그건 내 마지막 자존심을 지키는 일이었다. 소라가 '그래, 맞다!' 이러고 말하면 살 수가 없을 거 같았다.

"바보 아니야?"

소라가 중얼거리듯 말했다.

"나는 바보 아니다. 그러니까 바보 취급하지 마라."

나는 전화를 끊었다. 바보가 아니라고 했지만 내 스스

로 생각해도 바보 같았다. 눈물이 왈칵 쏟아졌다. 나는 엘리베이터 벽에 붙은 거울을 바라봤다. 거울 속에 열다섯 살 오신우가 있었다. 열다섯 살이 되도록 단 한 번도 여친을 사귀어 보지 못하고 꿈이 여친 사귀는 것이었던 오신우가 눈물을 질질 흘리며 서 있었다. 눈물을 훔쳤다. 코까지 빨간 오신우는 한없이 초라해 보였다. 거울 속 오신우가 나라는 사실이 싫었다. 너무 싫었다. 그때 거울 속 오신우 얼굴 옆에 다른 얼굴이 등장했다. 형이었다.

"신우 너 울었냐? 무슨 일인데?"

형이 놀라서 물었다.

"울긴 누가 울어? 안 울었어."

나는 재빨리 얼굴 표정을 바꾸었다.

"살다 보면 울고 싶은 일이 많지. 하지만 울 일이 있어도 길바닥에서는 울지 마라."

형이 내 어깨를 토닥이며 말했다. 형 얼굴이 무척이나 피곤하고 수척해 보였다.

"아, 배고프다. 점심도 못 먹었거든."

형이 말했다. 형이 점심을 못 먹은 이유 안에 형의 여친이 있을 거 같았다. 그 생각을 하자 또 울고 싶었다. 형과 동생이 여친 때문에 한 명은 질질 짜고, 한 명은 밥도 못 먹고 다니다니. 생각해 보니 아빠만 빼고 엄마와 나 그리고 형은 회오리바람 속에 있다. 형은 엄마가 반대하는 여친을 사귀느라고 힘들고, 엄마는 형에게 배신당했다며 힘들어한다. 그리고 나는 이 모양 이 꼴이다. 눈에 보이지는 않지만 집안이 폐허가 된 거 같았다.

"형, 유학 갈 거야? 유학 가면 엄마가 쓰러질지도 모르는데?"

나는 엘리베이터 안에서 물었다. 엄마는 그러고도 남는다. 지금은 형이 눈앞에 있으니까 배신감에도 버티고 있는 거다. 형 보란 듯 악으로 버티고 있는 거다. 내가 소라 앞에서 버티고 있는 것과 같다. 하지만 형이 눈앞에서 사라지면 달라질 거다. 엄마는 무너질 거다. 형도 그걸 알고 있을 거다.

"그 누나랑 결혼할 거야?"

나는 걱정이었다. 엄마도 형도.

"미래는 아무도 몰라. 그냥 지금 감정에 충실하는 거지. 나는 처음으로 좋아하는 사람을 만났고 아주아주 좋아하기 때문에 그 감정으로 모든 결정을 내릴 수밖에 없어."

엘리베이터에서 내려 현관문 앞에 섰을 때 형이 말했다.

"그 누나도 형 좋아해? 형이 좋아하는 것만큼?"

이건 정말 중요한 문제다.

"좋아하지. 내가 좋아하는 만큼 좋아하는지, 나보다 덜 좋아하는지 더 좋아하는지 그건 알 수 없지만. 오신우, 중요한 건 말이야. 걔가 나를 얼마나 좋아하는지, 그게 아니야. 내가 걔를 좋아하는 게 중요한 거지. 내 감정 말이야."

형이 말했다. 형은 모르고 있다. 나도 소라가 처음 사귀자고 했을 때 내 마음이 제일 중요하다고 여겼었다. 그래서 상호의 충고 따위는 귀 기울이지 않았었다. 하지만 상대편이 나를 얼마나 좋아하는지 그건 아주 중요한 거다. 형은 공부밖에 모르는 범생이었고 처음으로 사귄 여친에 폭 빠져 진짜 중요한 것을 중요하지 않다고 여기고 있다.

"너도 나중에 알게 될 거다."

형이 말했다. 나는 아무 말도 하지 않았다. 나는 형이 나처럼 이런 경험을 하지 않길 진심으로 바랐다. 형의 여친이 형을 좋아하기를 그래서 둘 사이가 해피엔딩이 되길 바랐다.

엄마는 소파에 앉아 텔레비전을 보고 있었다.

"신우 왔네? 간식 먹을래?"

엄마는 형을 투명 인간 취급했다.

"형이 점심 안 먹었대."

"신우 너, 핫도그 하나면 되는 거지? 하긴 두 개 먹고 싶다고 해도 하나밖에 없어."

엄마는 내 말을 못 들은 척했다. 찬바람이 쌩쌩 부는 엄마 표정에 내가 더 당황스러워 형 눈치를 봤다. 형은 잠시 우물쭈물거리더니 방으로 들어갔다.

"한심해."

엄마가 중얼거렸다.

"오신우, 너는 연애 감정이 얼마나 오래간다고 생각하니?"

엄마는 핫도그를 데워 꺼내 식탁 위에 놓으며 물었다.

"그 감정 아주 잠깐이야. 오신우, 너 지금 엄마랑 아빠랑 보면 어떤 생각이 드니? 서로 좋아서 어쩔 줄 몰라 하는 사이 같니?"

엄마는 내 대답을 기다리지 않고 연이어 물었다.

"좋아서 어쩔 줄 모르는 사이는 아닌 거 같은데?"

"좋아서 어쩔 줄 몰라 하는 감정은 잠깐이야. 영원할 거 같지만 찰나라고. 그 찰나의 착각으로 인해서 실수를 많이 하지. 나중에 크게 후회하는 일도 많아."

"아빠와 결혼한 걸 후회한다는 말이야? 실수한 거라고 생각해?"

이건 좀 충격이다.

"너는 무슨 말을 그렇게 극단적으로 하니? 그런 뜻이 아니라…… 아니, 됐다. 내가 어린애 데리고 뭔 이런 말을 하고 있는지 모르겠다."

엄마는 엄마 자신의 말을 끊으려는 듯 냉장고를 소리 나게 닫았다. 어린애라니. 열다섯 살 내가 겪고 있는 모든 상황들은 엄마의 짝사랑만큼이나 힘들고 버거웠다.

복수 상담
가능한가요?

"거래를 하자고?"

"그러고 싶어요."

나는 고개를 끄덕였다.

"어젯밤에 전화를 했었는데 안 받으시더라고요."

나는 망설이고 망설이다 위험을 무릅쓰고 전화를 했다. 나에게는 빨간 구두가 없다. 빨간 구두를 찾아 주고 싶어도 절대 찾지 못한다. 그런데도 거래하자는 것은 사기일 수도 있다. 나는 사기꾼이 되는 거다. 열다섯 살 나이에 사기꾼이 되다니. 너무도 슬프고 황당한 일이지만 나는 그걸 선택할 수밖에 없었다. 나는 상담 선생님의 힘이 필요했다. 누군가의 도움을 받지 않으면 미칠 수도 있다는 생각이 들었다. 나는 몰랐다. 연애가 이런 것인지. 연애는 멀쩡하고 착한 아이를 사기꾼으로 만들기도 하는 무서운 것이다.

"아, 전화했었니? 나는 휴대폰으로 전화 오는 거 안 받아. 얼굴은 볼 수 없으면서 목소리만 들리는 거 좀 그렇더라고. 아무튼 거래를 하자니 반갑다."

상담 선생님 얼굴이 환해졌다. 뭔가 설레는 듯한 상담 선생님 표정을 보자 양심의 가책이 느껴졌다. 미안했다. 하지만 나는 생각을 다르게 하기로 했다. 빨간 구두를 찾아 주는 일은 못 해도 다른 뭔가로 상담 선생님을 도와줄 일이 생길 수도 있을 거다. 그러면 그 일에 최선을 다할 거라고. 어찌 생각하면 나 스스로를 위로하는 생각이었다. 내가 상담 선생님을 도와줄 일이 뭐가 있을 거라고.

"선생님. 연애 상담 말이에요. 연애를 하다가 일어난 일들은 모두 상담 가능한 거죠? 그러니까 제 말은 복수 상담도 가능한 건지 그게 궁금해요. 복수하고 싶은 마음도 결국은 연애 끝에 오는 거니까 꼭 상담해 주셨으면 좋겠어요."

"글쎄다. 복수를 하고 싶은 모양이구나?"

상담 선생님 표정이 심각하게 변했다.

"예."

"음…… 가능해."

상담 선생님은 잠깐 생각하더니 대답했다.

"소라에게?"

"예. 그리고 한 명 또 있어요."

"누구?"

"김나성이요. 김나성이 누구냐면 소라와 제가 사귀기 전에 소라랑 사귀었던 3학년 선배예요. 소라는 저와 사귀는 30일 동안 김나성을 계속 좋아했어요. 저를 조금도 좋아하지 않으면서 김나성 보란 듯 홧김에 저한테 사귀자고 말했던 거예요."

"한잔 마셔라. 따뜻한 걸 마시면 격한 마음이 좀 차분해질 거다."

상담 선생님은 끓는 물을 컵에 따른 후 티백을 하나 넣었다. 물은 금세 보랏빛으로 물들었다. 상담 선생님이 컵을 내 앞으로 밀었다. 나는 컵을 들고 보라색 차를 마셨다. 한 모금 마시자 온기가 온몸에 퍼졌다.

"나는 이 차를 아주 오랫동안 마시고 있지. 내가 살던 곳에서 구할 수 있는 재료로 만든 차라서 그런지 이걸 마시면 마음이 편해지고 따뜻해지거든. 아마 어렸을 때의 기억과 추억이 들어 있어서일 거야. 그래, 복수를 해서 얻고 싶은 것은?"

"……."

"복수를 해서 얻고 싶은 것은 뭐냐고?"

"제가 느끼고 있는 이런 마음, 이런 마음을 소라도 느꼈으면 좋겠어요. 김나성도 마찬가지고요. 좀 더 솔직히 말해도 되나요? 솔직히 말하면 소라가 쫄딱 망했으면 좋겠어요. 김나성도 쫄딱 망했으면 좋겠어요. 아니 아니, 더 솔직히 말하면 소라가 김나성을 차고 김나성도 소라를 차고 서로서로 치고받고 싸웠으면 좋겠어요."

풋! 상담 선생님이 웃었다.

"왜 웃으세요? 저는 심각하게 말하고 있는 건데요."

"갑자기 둘이 치고받고 머리카락 쥐어뜯으면서 싸우는 장면이 떠올라서 웃은 거야, 미안. 한 잔 더 마실래?"

상담 선생님이 끓는 물을 반쯤 빈 컵에 따라 주었다. 그리고 보라색 티백을 하나 더 넣었다.

"제가 어떻게 해야 해요? 소라와 김나성을 그렇게 만들려면 제가 어떻게 해야 하는지 알려 주세요."

"그 전에 물어볼 게 있단다. 김나성이 네게 잘못한 건
뭐지?"

상담 선생님은 차를 마시며 물었다.

"소라와 같이 계획을 세웠거든요. 이건 비밀인데요. 아,
상담 중 비밀은 지켜 준다고 그랬지요? 얼마 전에 김나성
폭행 사건이 학교 운동장에서 있었어요. 김나성은 팔이 부
러져서 며칠 동안 입원해 있었어요. 그런데 그 폭행 사건
에 저를 목격자로 만들려고 소라와 계획을 세웠어요. 김나
성을 때린 범인은 나찬이라는 3학년인데 아무도 못 말리
는 놈이에요. 선생님, 비밀 진짜 지켜 주실 거지요?"

"상담을 할 때 가장 중요한 것은 솔직함이야. 솔직하게
다 말해야 상담이 이뤄질 수 있는 거야. 물론 솔직한 것이
중요한 만큼 비밀을 지켜 주는 것도 중요하지. 걱정하지
마라."

"저는 김나성과 소라 계획대로 운동장에 갔고 김나성
폭행 사건의 목격자가 되었어요."

나는 그날 소라와 운동장에서 만나기로 했던 일과 그날
운동장에서 있었던 일들을 모두 얘기했다. 그리고 김나성

과 나찬이와의 관계도 얘기했다.

"심각한 건 또 있어요. 나찬이가 갑자기 저한테 친한 척이에요. 저 같은 아이가 우리 학교에 다니는지 어쩌는지 별 관심도 없었을 텐데 갑자기요. 그게 무슨 뜻이겠어요. 그날 운동장에서 나찬이가 저를 봤다는 증거지요. 이래저래 복잡하고 짜증 나요."

"그렇다면 소라와 김나성에게 복수하는 것보다 나찬이와의 일이 더 심각한 거 아닐까? 나찬이가 위험한 아이라면 네가 위험해질 수도 있는 상황 아니니? 하지만 나는 연애 상담 외에는 상담을 하지 못한다. 어떻게 해야 하는지 나도 모르거든."

"상관없어요."

"응?"

"제가 위험해진다고 해도 상관없다고요. 뭐, 김나성처럼 얻어맞고 팔이 부러지는 정도가 되겠지요. 어제 낮까지만 해도 그걸 생각하면 무섭고 두려웠어요. 하지만 어제 소라와 김나성의 계획을 알고 나서는 나찬이 문제보다 소라와 김나성에게 화가 나서 견딜 수가 없어요."

말을 하다 보니 소라와 통화하면서 느꼈던 분노가 고스

란히 다시 느껴졌다.

"자, 그럼 정리해 보자. 너는 소라와 30일을 사귀었다고
했지?"

"예. 30일 사귀면서 저는 소라가 원하는 건 다 해 주었
어요. 중간고사 준비고 뭐고 다 때려치우고 중고…… 아무
튼 밤새 소라가 갖고 싶은 걸 구하려고 최선을 다했어요.
저는 소라와 정말 많이 친해지기를 간절하게 바랐거든요.
간절하게!"

나는 '간절하게'라는 말에 힘을 주었다. 그때의 내 마음
을 표현할 때 가장 적합한 말이 간절하다는 말이었다.

"네가 소라를 좋아했던 건 맞지?"

상담 선생님이 물었다. 뭐 저런 질문이 다 있는지 모르
겠다. 나는 당연히 소라를 좋아했고, 좋아했기 때문에 배
신감도 느끼는 거고 분노가 화산처럼 폭발하면서 복수를
꿈꾸고 있는 거다.

"소라를 좋아한 거 맞느냐고?"

상담 선생님이 다시 물었다. 나는 힘차게 고개를 끄덕
였다.

"하지만 먼저 사귀자고 말한 것은 소라였어요. 그것도

저를 이용해 먹기 위해서였지요."

나는 깜박 잊고 있었던 사실을 말했다.

"그렇다면 소라가 먼저 사귀자는 말을 하기 전에는? 그 전에도 너는 소라를 좋아했었니?"

뜻밖의 질문이었다. 소라가 나에게 사귀자고 하기 전에 내가 소라를 좋아했었나? 좋아한 거 같기도 하고 아닌 것 같기도 했다. 하지만 분명한 것은 소라는 튀는 아이였다. 그래서 늘 소라에게 관심은 있었다. 올라가지 못할 나무라고 생각하면서도 말이다. 그게 좋아하는 감정이라고 말한다면 그런 거 같았다. 중요한 것은 나는 소라와 사귀는 동안 소라를 좋아했다. 하지만 소라는 나를 좋아하지 않았다. 그게 중요한 거다.

"소라가 먼저 사귀자고 해서 사귀었고, 사귀는 동안 너는 소라에게 최선을 다했다는 말이지? 그런데 알고 보니 소라는 너를 전혀 좋아하지 않았고 전에 사귀던 김나성을 좋아하고 있었으며 둘은 너를 이용해 먹기 위한 계획을 세웠고 실행에 옮겼다. 이 말이지?"

상담 선생님은 간략하게 정리했다.

"예."

"음, 더 마실래?"

"아니요."

"연애의 감정은 말이다. 다른 감정들보다 복잡하게 여겨지지만 사실은 단순해. 자기 입장에서 생각하기 때문에 여러 생각들이 섞이지 않거든. 그러다 가끔 이성적인 복잡한 생각이 침범해서 혼란스러워지지. 연애하면서 누군가에게 상담해 보고 싶은 마음이 들 때가 바로 그 때야."

"저는 복수 상담이에요."

나는 그 점을 정확히 하고 싶었다.

"그래, 복수 상담. 한 가지만 질문하자. 너는 지금 현재 소라를 좋아하고 있니? 아니면 좋아하는 마음이 싹 사라졌니?"

현재 상황에서 내가 소라를 좋아하고 좋아하지 않고는 중요한 게 아니다. 나는 상담 선생님이 좀 답답했다.

"안 좋아하는 거 같아요."

나는 애매하게 대답했다. 실제 지금 내 마음이다.

"좋아. 여기에 이름과 사인을 해 주렴. 나와 상담했다는 기록을 남겨야 하거든."

상담 선생님이 공책을 펼쳐 내밀었다. 나는 내 이름을

쓰고 초등학교 5학년 때 만들어 놓은 사인을 했다. 내가 5학년 때 왜 사인을 만들었는지 잘 기억은 나지 않았지만 이렇게 쓸 때가 올 줄이야.

"상담 기간은 2주일이야. 어차피 나도 2주일 뒤에는 이곳에서 떠나야 해. 2주일이 지난 후에는 네가 원하는 걸 다 이뤘으면 좋겠다."

"2주 후에 떠난다고요?"

"한 달 정도로 약속된 아주 짧은 계약직이야. 아, 2주가 남았다는 것은 내가 찾는 구두도 2주 안에 찾아야 한다는 뜻인 거 알지? 어떻게 찾을 계획이니?"

상담 선생님이 구두 얘기를 꺼냈다. 나는 얼른 대답하지 못했다.

"아직 계획은 세우지 않았니?"

"예, 하지만 열심히 찾아볼 거예요."

"좋아. 오늘부터 본격적으로 빨간 구두를 사 간 아이를 찾아봐 주렴. 그 구두가 있어야 중요한 일을 마무리할 수 있거든."

"혹시…… 혹시 말이에요. 빨간 구두를 찾지 못하면 어떻게 되는 거예요? 빨간 구두를 가지고 있는 아이도 못 찾고 빨간 구두도 찾지 못하면 어떻게 되는 거죠?"

내 말에 상담 선생님 얼굴이 급격히 어두워졌다.

"아, 아니요. 못 찾는다는 말이 아니고요. 일단 찾아볼게요."

분노는 이성을 마비시킨다. 나는 분노와 배신감으로 내 몸이 활활 타오르는 증상을 느꼈고, 그 증상에 이성을 잃었다. 그래서 다른 일로 상담 선생님을 도와주면 된다는 나만의 막연한 생각으로 상담 선생님을 찾아왔다. 속 시원히 털어놓고 나니까 분노와 배신의 뜨거움은 약간 사그라들었고 마비되었던 이성이 살살 풀렸다. 그러면서 빨간 구두가 본격적으로 걱정이었다.

"자, 이제 나가 봐라. 오늘 상담은 여기서 끝이야."

나는 상담 선생님을 바라봤다. 내가 바라던 상담은 이게 아니다. 어떻게 해야 복수할 수 있는지 구체적인 솔루션을 받고 싶었다.

"이 상담실에서 나가는 순간, 너의 복수는 시작된다. 네게 그동안 겪어 보지 못한 반응들이 나타날 수 있어. 네 복수가 잘 진행되고 있다는 증거니까 너무 놀라지 마라. 여러 가지를 생각하지 말고 단순하게 복수만 생각해. 단순!

알았지? 복잡하게 생각하면 마음이 약해질 수도 있거든. 마음이 약해지면 복수는 물 건너가는 거지."

"여기서 나가는 순간 복수가 시작된다고요? 저절로요? 제가 알아서 저절로 복수를 해요?"

"네가 믿거나 말거나 나에게는 초인적인 힘이 있어. 일단 말로 듣는 것보다는 직접 체험해 보는 게 확실하지 않겠니?"

"초인적인 힘이요?"

나는 얼굴을 찡그렸다. 걷는 놈 위에 뛰는 놈 있고, 뛰는 놈 위에 나는 놈 있다는 말이 있는데 설마 사기꾼이 되고자 마음먹고 있는 내 속을 훤히 들여다보는 건 아니겠지? 초인적인 힘이니 이런 말은 누군가를 속일 때 많이 쓰이는 말이라는 걸 인터넷에서 종종 봤다. 자신은 대단한 힘을 가졌다고 인간의 힘이 아닌 신의 영역에서나 볼 수 있는 힘을 가졌다고 뻥을 치며 사람들을 속여 먹고 돈을 가로채는 그런 인간들 말이다.

"물론 지금 당장은 믿을 수 없겠지. 이런 말을 하는 내가 미친 사람으로 보일 수도 있을 거다. 하지만 곧 내가 가진 초인적인 힘이 너에게 가 있다는 것을 알게 될 거다. 그만 가 봐라. 아참, 다음 상담 때는 네가 빨간 구두를 찾기 위해 뭘 하고 있는지 알려 주어야 한다. 내가 상담 일지를 남기듯 너도 그렇게 해야 해. 그래야 거래를 위해 서로 어떤 일을 하고 있는지 알 수 있으니까. 시간이 얼마 남지 않아 조급하다. 그 일은 꼭 이뤄야 하는데. 절대 그냥 갈 수 없거든."

나는 허리를 숙여 인사하고 상담실에서 나왔다.

'괜히 다 털어놨네.'

상담실을 벗어나 현관을 나서는데 후회가 밀려왔다. 속고 속이는 먹이 사슬 안에 단단히 엮인 느낌이었다. 내 사슬이 단단한 줄 알았는데 알고 보니 상대편의 사슬이 더 단단해 보일 때 느껴지는 그런 감정은 결코 좋지 않았다. 찜찜하기도 했다.

"내 주제에 누구한테 사기를 쳐?"

잠시 내 주제를 잊고 있었다. 남들은 착하다고 말하는 오신우. 내 입장에서 보면 바보 같고 멍청한 오신우다. 그 주제에 뭔 사기?

빨간 구두 한 짝의
행방

"더 먹고 싶으면 더 시켜."

소라가 말했다. 나는 벽에 붙어 있는 치즈 케이크 사진을 가리켰다. 꽤 비싸 보였지만 시키라는데 마다할 이유는 없었다.

"너 치즈 케이크 별로 안 좋아하잖아? 생크림 좋아하는 걸로 아는데 생크림 시켜라."

"누가 그래? 내가 치즈 케이크 안 좋아한다고? 나 무지하게 좋아하는데."

아마도 나를 이용하려고 마음먹었을 때 나에 대한 사전 조사를 탄탄히 했고 그 조사에서 오신우는 생크림을 좋아하고 치즈 케이크는 좋아하지 않는다고 알게 되었겠지. 하지만 생크림보다 치즈 케이크가 600원 더 비쌌다. 싼 생크림을 시킬 이유는 없다. 지금 나는 충분히 배가 부르고 뭔가를 더 먹고 싶은 생각은 눈곱만큼도 없다. 어차피 새로 주문하는 케이크는 남길 계획이다. 남겨서 소라를 열받게 할 계획! 이게 단순한 내 생각이다.

"좋아."

소라는 치즈 케이크 한 조각을 사서 들고 왔다.

"오늘 나한테 해 준다는 말이 뭐야? 혹시 운동장……."

소라가 운동장이라는 말을 하다가 잠시 멈칫하며 내 눈치를 봤다. 자꾸 하다 보니 저도 미안한가 보네.

"응, 운동장 이야기."

나는 포크로 치즈 케이크 중간을 뚝 자르며 말했다.

"그날 나는 너랑 만나기 위해 운동장에 갔고 운동장에서 김나성과 나찬이가 싸우는 걸 봤다. 아니지, 김나성이 나찬이에게 두들겨 맞는 걸 봤다. 이 말이 소라 네가 듣고 싶은 말이지?"

"야, 내가 듣고 싶은 말을 하라는 게 아니잖아? 사실을, 진실을 말하라는 거지. 너는 말을 그따위로 하냐?"

소라가 이맛살을 찡그렸다.

"내가 진실을 말하면 소라 너는 어떻게 할 건데?"

"어떻게 하기는…… 밝혀야지."

"밝히는 과정에서는 내가 증인이 되는 거지? 목격자니까. 증인이 되어서 교장 선생님이 부르면 교장실로 달려가고 담임이 부르면 담임에게 달려가고 경찰서에서 오라고 경찰서에도 가야 하고."

"뭐…… 그럴 수도 있겠지. 아니, 그래야겠지. 하지만 설마 경찰서까지 가겠니? 학교에서 해결하겠지."

"경찰서까지 가든 안 가든 아무튼 귀찮은 건 마찬가지잖아. 그리고 나찬이의 표적이 되어야 하고. 그건 아주 위험한 짓이지. 내가 왜 그렇게 복잡하고 귀찮고 위험한 짓을 해야 하는데?"

나는 치즈 케이크 반 개를 다시 반으로 나누며 물었다.

"그건…… 야! 오신우, 너 그걸 몰라서 물어?"

"응, 몰라서 물어. 맞은 놈도 진실을 밝히지 않고 있는데 왜 남이 먼저 나서야 해? 그러다 나찬이한테 찍혀서 김나성과 똑같은 꼴이 되면 소라 네가 책임질 거야?"

나는 케이크를 또 반으로 뚝 잘랐다.

"일단 선생님들에게 알리면서 네가 증인이 된 걸 비밀

로 해 달라고 하면 비밀로 해 줄 거야. 그러면 너는 김나성 처럼 되지 않을 거고……."

소라가 중얼거리듯 말했다. 소라 저도 자신이 없는 거 다. 그 비밀이 지켜질 거라고 자신하지 못하는 거다.

"김나성보고 먼저 말하라고 해. 김나성이 먼저 침묵을 깨야 하는 거 아니니? 맞은 놈이 나서서 저 할 일 하고 나 서 도와 달라고 해야 도와주고 싶은 마음도 생기는 거 아 니냐고? 안 그래?"

나는 케이크를 산산조각 냈다. 소라에 대한 내 마음이 이렇게 산산조각이 났다는 걸 소라에게 보여 주고 싶었다. 도로 붙일 수 없을 만큼 상처를 입었다는 걸 보여 주고 싶 었다. 소라는 내가 쥐고 있는 이 포크처럼 내 마음을 찌르 고 잘랐다.

"먹기 싫으면 시키지를 말지 이게 뭐야?"

소라가 화를 냈다.

"아깝니? 내가 케이크값 줘?"

"누가 그러래?"

"이깟 조각 케이크 산산조각 낸 거 가지고 뭘 그러냐? 좋아하지도 않으면서 사귀자고 말하고 남의 마음을 산산조각 낸 아이도 있다는데."

"뭐?"

"아, 몰라. 그런 아이가 있다더라."

소라가 나를 노려봤다. 나도 소라를 노려봤다.

"아무튼 그날 운동장에 갔었던 건 맞구나?"

소라가 눈을 내리깔며 말했다.

"아니, 안 갔어."

"조금 전에 갔다고 했잖아?"

소라가 눈을 치켜떴다.

"내가 언제? 나는 운동장에 갔다고 말한 적은 없어. 만약 그렇다고 해도 김나성이 먼저 나서는 게 옳은 거지 남이 앞장서서 나서는 건 아니라는 말을 했지."

"오신우."

소라가 아랫입술을 질끈 깨물었다.

"너, 오늘 왜 이래? 못 먹을 거 처먹었니?"

"하도 많이 처먹어서 어떤 게 못 먹을 거고 어떤 게 먹어도 괜찮은 건지 잘 모르겠다. 아, 황소라. 깜박 잊고 있었는데 너 왜 나한테 빨간 구두 한 짝 안 돌려줘? 헤어졌으면 선물은 돌려주어야지. 내 얼굴로 집어던진 걸 돌려준 거라고 말하지 마라. 나는 그 구두 안 가져갔으니까. 어디 있냐? 찾아다 줘."

말을 하는데 가슴속에 불이라도 붙은 듯 뜨거웠다. 목으로 불꽃이 나올 거 같았다. 소라는 발딱 일어나 나를 잡아먹을 듯 노려보더니 케이크집 밖으로 나가 버렸다. 좀 전까지 목구멍까지 느껴지던 뜨거움이 점차 누그러지면서 한기가 느껴졌다. 나는 몸을 한 번 부르르 떨었다.

"이게 뭐 하는 짓이야?"

나는 산산조각이 난 치즈 케이크를 바라봤다. 그리고 통창 너머로 사라져가는 소라 뒷모습을 바라봤다. 꼭 거센 소용돌이에 휩쓸렸다 나온 듯한 기분이었다. 좀 전의 나는 내가 아닌 듯했다. 다른 사람이 내 안에 들어와 마음대로 지껄이고 마음대로 행동했던 것 같다. 나는 서둘러 케이크 접시와 음료수 컵을 정리하고 밖으로 나왔다.

"이게 혹시 상담 샘이 말한 복수? 초인적인 힘?"

그게 아니면 조금 전의 나를 이해할 수가 없었다. 나는 감탄했다. 대단했다. 이런 식으로 복수할 수 있다니. 내가 소라를 그 정도 열받게 만들 수 있었다는 게 신기하면서도 고소했다.

상담 선생님을 찾아가고 싶었다. 오늘 내가 했던 말과 행동에 대해 물어보고 싶었다. 하지만 빨간 구두를 찾기 위해 뭘 하고 있는지 알려 주어야 한다고 했는데 그냥 갈 수는 없었다. 한 짝이라도 찾아가야 큰소리칠 수 있고 솔루션도 계속 받을 수 있다.

집으로 돌아와 책상 앞에 앉았다. 빨간 구두 한 짝은 어디에 있는 걸까? 그런 식으로 얼굴에 던지지만 않았어도 한 짝은 사라지지 않았을 텐데. 얼굴이 다치거나 말거나 제 성질을 못 이기고 구두를 집어던진 소라가 원망스러웠다.

'다 소라 탓이야. 소라 탓. 나를 좋아하지도 않으면서 접근해서 이런 복잡한 일을 만들어 낸 소라 탓!'

> 왜 그냥 가? 빨간 구두 한 짝 찾아서 돌려줘.

나는 소라에게 문자를 보냈다. 소라는 문자를 확인하지 않았다.

'혹시 하연이는 알고 있을까.'

나는 우리 반 단톡방에 들어가 하연이를 클릭했다.

> 너 남의 구두는 왜 가지고 가냐? 돌려줘라.

나는 다짜고짜 하연이가 빨간 구두를 가져간 것처럼 문자를 보냈다.

> 미쳤냐?  %#@!

하연이가 성이 잔뜩 난 이모티콘을 문자와 같이 보냈다.

> 가져간 거 다 알고 있거든. 너 그 구두 안에 보물이 들어 있으면 어쩔 건데? 국보급 보물! 그럼 너는 국보급 보물을 가져간 도둑이 되는 거지.

문자를 보내자마자 바람처럼 빠르게 전화가 왔다. 하연이는 왜 도둑으로 모느냐며 세상에 도는 온갖 욕들은 다 해 댔다. 세상에 태어나 짧은 시간에 이토록 많은 욕을 한꺼번에 들어 본 것은 처음이었고 앞으로도 없을 거 같았다. 하연이는 그 구두를 교실 바닥에 그냥 두었다고 했다. 마침 그때 상호가 속보를 물고 들어오는 바람에 구두가 거기에 떨어져 있었다는 것조차 잊었다고 했다.

"그걸 믿으라고?"

"못 믿는다는 말이야? 야, 오신우! 진짜라고, 진짜! 와, 진짜 사람 환장하겠네. 선량한 학생이 도둑으로 몰리는 거 한순간이구나? 너 설마 그런 소문 내고 다니는 거는 아니지? 좀 전에 소라한테 전화가 왔는데 너 변했다고 하던데? 예전의 오신우가 아니라며? 아무리 그래도 너, 그런 소문 내고 다녀서 멀쩡한 사람 억울하게 만들면 알지? 가만 안 둬."

입이 빠른 속도가 번개 저리 가라였다. 그새 전화를 하다니.

"아, 몰라. 내가 빨간 구두를 마지막으로 본 건 하연이 네가 구두를 향해 달려갈 때야. 네가 가져간 게 아니라면 가져갔을 만한 사람을 생각해 봐."

"뭐? 야, 다 낡아빠진 구두를 누가 가져가? 그것도 한 짝을? 나는 소라한테 구두에 얽힌 사연을 들었으니까 호기심에 달려간 거지."

하연이가 소리를 바락바락 질렀다.

"그런 사정까지 나는 잘 모르겠고 잘 생각해 봐. 네가 빨간 구두 옆에 갔을 때 가장 가까이에 누가 있었는지. 다시 한번 말하지만, 그 구두 안에 국보급 보물이 들어 있지 않다고 누가 장담해?”

“국보급 보물이 들어 있다는 말이야, 들어 있지 않다는 말이야? 똑바로 좀 말해.”

하연이는 목소리가 쩍쩍 갈라졌다.

“내 말이 터무니없다고 생각하면 소라한테 물어봐.”

나는 내가 하고 싶은 말만 하고 전화를 끊었다.

30분 정도가 지나고 하연이한테 전화가 왔다. 하지만 나는 전화를 받지 않았다.

> 천만 원 이야기 진짜니? 구두 한 켤레에?

곧 하연이한테 문자가 왔다.

> 응.

> 그날 빨간 구두 바로 옆에 세미가 있었던 거 같아.
> 나는 절대 아니다.

문자를 보니까 제대로 쫄았다. 그런데 가만! 세미가 누구더라? 우리 반에 세미라는 아이가 있었나? 머릿속에 교실을 그려 봤다. 창가 자리에 앉은 아이들부터 얼굴을 떠올렸다. 하지만 아무리 생각해도 세미라는 아이의 얼굴은 떠오르지 않았다.

> 세미가 누구냐?

나는 하연이에게 물었다.

> 작년 겨울에 전학 온 아이 있잖아.
> 아, 너는 1학년 때 같은 반 아니었으니까 전학 온 거
> 모르겠구나. 말 안 하는 아이 있어. 아무튼 나는
> 그 구두가 어디 있는지 몰라.

나는 단톡방을 자세히 살펴봤다. 김세미가 있었다.

> 네가 빨간 구두 가져갔지? 당장 내놔라.

나는 세미에게 문자를 보냈다. 세미는 금세 문자를 확인했다. 하지만 아무리 기다려도 답 문자는 오지 않았다.

'세미가 가져간 게 맞나 보네.'

만약 가져가지 않았다면 가만있을 리 없다.

나는 창밖을 내다봤다. 하늘이 짙게 내려앉았다. 오후 5시! 상담 선생님은 퇴근했을 수도 있다. 내일 가 볼까 하다가 집에서 나왔다. 학교에 거의 도착했을 때 빗방울이 떨어졌다. 교문을 들어설 때는 빗줄기가 굵어졌다.

상담실 문은 열려 있었지만 상담 선생님은 없었다. 빨간 캐리어가 구석에 있는 걸로 봐서 아직 퇴근은 하지 않은 모양이었다. 나는 탁자 앞에 앉아 상담 선생님을 기다렸다. 비는 어느새 폭우로 변했다. 창문을 타고 내리는 빗줄기가 거의 폭포 수준이었다.

아무리 기다려도 상담 선생님이 돌아오지 않았다. 학교 안을 한번 돌아보려고 일어서는 순간 상담실 문이 열리며 상담 선생님이 들어왔다.

복수는 단순하게
생각해야 해

"문을 잠그고 나간다는 걸 깜박했네."

나를 본 상담 선생님의 첫 마디였다. 주인 없는 남의 집에 허락도 없이 들어와 있는 듯한 기분이 들며 머쓱해졌다.

"빨간 구두를 가지고 있는 사람을 알 것 같아요."

나는 머쓱함에서 벗어나려고 서둘러 말했다. 내가 빈 상담실에 들어와 있어야 할 이유가 있다는 뜻이다.

"그래?"

상담 선생님 표정이 한순간 환해졌다. 너무 좋아해서 차마 한 짝이라는 말을 할 수 없었다.

결국 한 짝은 영영 찾지 못하겠지. 내가 상담 선생님의 도움으로 복수에 성공한다면 나는 영원히 그 부분에 대해 미안할 거다.

"마실래?"

상담 선생님이 빨간 캐리어에서 보라색 티백을 꺼냈다.

"먼저 빗물부터 닦아야 할 거 같은데요? 갈아입을 옷 있으세요? 제가 잠시 나갔다 들어올까요?"

"아니, 괜찮아. 시원하고 좋은데 뭘. 비를 맞으면 아주 깊은 곳에 숨죽이고 있던 여러 가지 기억들이 되살아나거든. 기억들이 되살아나면 내가 누구인지 깨닫게 되기도 하고, 그러면 숨통도 트이고."

문득 그날 일이 떠올렸다. 빗속에서 빗물까지 받아먹고 있던 상담 선생님의 모습 말이다. 상호가 말했던 물고기는 아닌 거 같고 그렇다고 해서 정신이 이상한 것도 아닌 듯했다. 아마도 비와 관련된 마음 아픈 기억이 있다는 생각이 들었다. 비가 내리는 날 맹목적으로 좋아하던 사람에게서 혹독한 말을 들었다면 비가 내리는 날을 절대 그냥 지나갈 수가 없을 거다. 내가 요트를 영원히 잊을 수 없다고 생각한 것과 마찬가지로. 비가 내리는 날이면 하도 괴로워서 마구마구 빗속을 헤매고 다니고 싶을 수도 있다. 미친 사람처럼 말이다. 연애는 멀쩡한 사람을 이상하게 만든다.

한쪽 길 중간으로 잘 가고 있던 사람을 어느 쪽으로 튈지 모르는 공으로 만든다.

"마셔."

상담 선생님이 김이 모락모락 나는 차를 내밀었다.

"오늘 다시 나를 찾아왔다는 것은 내 솔루션이 흡족하다는 뜻으로 받아들여도 되는 거지?"

"예."

"누군가를 화나게 만드는 사람들의 특징이 뭔지 아니? 단순하게 생각한다는 거야. 상대편의 마음이나 생각에는 관심을 두지 않지. 상대편이 화가 폭발해서 죽거나 말거나 상관 안 해. 그건 꼭 기억해야 해. 아, 가슴속으로 뜨거운 기운이 들어오는 건 느꼈니? 당연히 느꼈겠지. 네가 느낀 뜨거움, 상대편은 그 뜨거움만큼 열받고 화가 난 거야. 너로 인해 상대편이 얼마나 화가 나는지 네가 알 수 있는 거지. 그걸 알아야 복수가 성공하고 있는지 어쩐지 알 거 아니야, 그치?"

아까 목구멍까지 치솟던 뜨거움만큼 소라가 열을 받았다는 말이다. 나는 포트에 다시 물을 붓고 스위치를 누르는 상담 선생님을 뚫어져라 바라봤다.

'상담 샘의 정체가 뭘까?'

초인적인 힘을 가진 캐릭터들을 떠올렸다. 하지만 다들 사람들이 만들어 낸 캐릭터들이었다. 초인적인 힘을 가진 실제로 존재하는 사람은 떠오르지 않았다. 초인적인 힘을 가졌으면서도 실연을 당하고, 그 실연 때문에 힘들어하는 사람. 나는 결코 평범한 사람은 아닌 듯한 상담 선생님의 정체가 궁금했다.

"다음 단계는…… 복수에는 말이다. 약간의 위험이 도사린 거래를 해야 해. 그게 얼마나 위험한 건지 나중에 어떤 결과를 가져올지 그런 것까지는 생각하지 마. 그렇게 복잡하게 생각하면 안 돼. 그냥 내가 이 거래를 해서 복수에 도움이 되는지 안 되는지 그것만 생각하면 되는 거야. 무슨 말인지 알지?"

"거래요?"

"사람은 살면서 시시때때로 거래를 제안받아. 하지만 그 숱한 제안을 다 받아들이지 않는 것은 거미줄처럼 엮인 여러 생각들 때문이야. 거미줄 같은 여러 생각들 때문에 거래를 제안받았다는 것조차 모르고 지나가기도 하고 거래를 해서는 안 되겠다는 생각도 갖게 되지."

내가 상담 선생님과 마주 앉아 있는 것도 결국은 거래였다. 서로가 원하는 것을 얻기 위해 각자가 알고 있는 것을 주고받는 것. 어쩌면 나는 상담 선생님이 말하는 위험한 거래를 이미 하고 있다. 빨간 구두 한 짝을 영원히 찾지 못한다는 것을 알면서도 거래를 시작했다. 상담 선생님의 말은 맞았다. 내가 거래가 이뤄질 수 없다는 걸 알면서도 시작한 것은 단순하게 생각했기 때문에 가능한 일이었다. 오직 소라에게 복수하겠다는 단순한 생각 말이다.

"아, 이게 거래구나! 느낌이 오는 순간 다른 생각들은 다 쳐내. 가지를 치듯 탁탁탁! 그리고 네 목표만 남기는 거야. 아, 벌써 깜깜해졌네? 이제 그만 가라."

상담 선생님은 포트 코드를 뽑았다.

"아, 구두를 가지고 있는 아이를 알았으니까 이제 찾는 건 시간문제겠네? 당장 내일이라도 기쁜 소식이 들릴 거 같구나."

상담실에서 나오는데 상담 선생님이 내 뒤통수에 대고 말했다.

"선생님, 선생님은 선생님이 맞는 거죠?"

확인하고 싶었다. 마음 같아서는 '선생님 사람인가요,

아닌가요?' 이러고 속 시원히 묻고 싶은 걸 간신히 참았다.

"당연하지. 나는 이 학교의 상담 선생님이야. 무슨 문제라도 있니?"

"아니, 뭐 문제라기보다는…… 아니, 그러니까 제 말은요. 상담실에 상담하러 오는 아이가 저밖에 없으니까 약간 좀 이상해서 그러는 거지요."

"상담하러 오는 아이가 너밖에 없다고 누가 그래?"

"예?"

"상담하러 오는 아이가 너밖에 없다고 누가 그러더냐고?"

"아, 아니 제가 올 때마다 아무도 없으니까."

"네가 올 때 아무도 없다고 해서 아무도 오지 않는 건 아니다."

나 말고도 상담하러 오는 아이가 있다는 말이다. 나는 상호를 떠올렸다. 상호는 그럴듯한 연애 이야기 하나 만들어서 상담 선생님을 만날 거라고 말했었다. 하지만 상호가 상담실에 와서 상담했다면 이렇게 조용할 수가 없다. 나에게 말했을 거다.

"2학년이에요?"

"상담은 비밀이 중요해. 너도 알고 있잖니?"

나 말고 다른 아이들이 상담하러 온다는 말에 안도감이 들었다. 혹시라도 상담 선생님이 상상하는 것보다 더 충격적인 존재라고 하더라도 나 혼자보다는 둘이, 둘보다는 셋이, 아니 더 많은 아이들이 상담 선생님과 연결되어 있으면 좋을 거 같았다.

비는 더 거세게 쏟아지고 있었다. 도로 상담실에 들어가 우산을 빌려 나올까 하다 그만두었다. 나는 빗속으로 뛰어들었다.

"어?"

아파트 놀이터 옆을 지나갈 때였다. 놀이터를 비추는 가로등 불빛 아래에 서 있는 사람 두 명이 눈에 들어왔다. 우산을 쓰고 있지 않았다. 퍼붓는 빗줄기와 어둠 때문에 확실히 보이지는 않았지만 두 사람 중에 한 사람이 형이라는 걸 단박에 알아볼 수 있었다. 나는 미끄럼틀 뒤에 숨어 지켜봤다. 형과 마주 보고 서 있는 사람은 여자였다. 형 여친일 거라고 생각했다. 둘은 무슨 이야기를 주고받고 있었지만 빗소리 때문에 대화의 내용은 들을 수는 없었다. 무슨 말인지 들리지는 않았지만 분위기가 심각했다. 잠시 지켜보다 집으로 돌아왔다. 샤워를 하고 나오는데 현관문이 열리며 형이 들어왔다. 비를 흠뻑 맞았음에도 어두운 표정이 그대로 읽혔다. 엄마는 형을 힐끗 바라보며 얼굴을 찡그렸다.

"나 샤워 다 했어. 형도 샤워해."

"응? 으응, 그래."

형은 욕실로 들어갔다.

"비까지 맞고 다니고 뭔 짓이야? 한심해."

엄마가 닫힌 욕실 문을 흘겨보며 중얼거렸다.

식탁의 분위기는 한없이 우중충했고, 한없이 복잡했고, 한없이 불편했다. 형은 밥을 두 숟가락 정도 먹고 일어났다. 그러고는 방으로 들어가 버렸다.

"뭘 잘했다고 밥도 안 먹어? 쌀값 아껴서 우리 집 부자 되겠네."

엄마가 입술을 깨물며 말했다. 엄마는 형이 먹다 남긴 밥과 국을 조금의 망설임도 없이 싱크대에 부어 버렸다. 그러고는 수돗물을 세게 틀었다. 형에 대한 마음이 온통 원망으로 변했고 그 원망을 쏟아붓는 듯한 모습이었다. 나는 형의 연애에 문제가 생겼다는 걸 어렴풋이 알 수 있었다. 쓰디쓴 맛을 본 사람만이 알 수 있는 예감 같은 거였다.

밤이 깊을수록 빗줄기는 더 거세졌다. 나는 다시 한번 세미에게 문자를 보내고 답을 기다렸다. 세미는 곧바로 문자를 확인했지만 여전히 답은 없었다. 나는 세미가 어떤 아이인지 떠올리려고 노력했다. 서서히 얼굴이 떠올랐다. 그 아이였다. 머리 커튼으로 얼굴이 보이지 않는 아이. 나는 더 집중해서 세미 얼굴을 떠올리려고 노력했다. 서서히 세미에 대한 기억 조각들이 퍼즐처럼 제자리를 찾아갔다. 정중앙에 가르마가 있고 양쪽에서 내려오는 머리가 얼굴 반은 가리고 있는 아이, 두 눈도 반씩만 보이는 아이, 그래서 날렵한 콧날이 더 날렵해 보이는 아이, 머리카락 색이 유난히 까만 아이, 그 아이가 바로 세미였다. 혼자 앉아 있고 혼자 밥먹고 혼자 복도를 걸어가던 모습도 떠올랐다. 세미와 단 한 번도 말을 섞어 본 적 없지만 만만한 아이로 보이지는 않았다. 지금 문자를 읽고도 보란 듯 대꾸 한 번 하지 않는 걸 보면 내 짐작이 확실하다.

"안 돌려주면 어쩌지?"

구두를 순순히 내놓지 않을 수도 있다는 불길한 생각이

들었다. 나는 밤새 퍼붓는 빗소리를 들으며 밤을 꼬박 샜다.

"밤새 불이 켜 있는 거 같던데 공부했니?"

아침에 엄마가 말도 안 되는 소리를 했다. 형 들으라는 듯 말하는 거다. 네가 아니라도 아들은 또 하나 있다! 나는 너 말고 다른 아들에게 올인하기로 했다! 엄마는 형에게 이런 말을 하고 싶은 거다. 엄마는 그 말을 들은 형의 표정이 어떤 식으로든 바뀌길 바라는 눈치였지만 형은 엄마 말을 못 들은 듯 덤덤했다.

"얼굴 꼬라지가 왜 저래?"

엄마는 형이 현관문을 닫고 나가는 순간 중얼거렸다. 엄마가 베란다 쪽으로 얼굴을 돌리며 눈가를 훔쳤다. 그러더니 콧물을 들이마셨다. 울고 있는 모양이었다. 나는 엄마의 어수선한 뒷머리를 바라보며 울컥했다. 늘 단정하기만 하던 엄마 머리가 저 지경이 되어 있다는 건 엄마가 머리 따위에는 신경을 못 쓰고 있다는 뜻이다.

"엄마. 그렇게 하면 안 돼."

엄마의 짝사랑이 너무 가여워 보여서 그냥 지나칠 수가 없었다.

"뭐가 안 돼?"

엄마가 돌아봤다. 눈가가 벌겠다.

"엄마는 형에게 나 지금 화가 나 있다, 무지하게 화가 났다, 이런 걸 보여 주고 싶은 거잖아? 관심을 끊어 버렸다는 걸 알려 주고 싶고 관심에서 밀려나는 것이 얼마나 손해이고 바보 같은 짓인지 그걸 보여 주고 싶은 거잖아. 한마디로 간단하게 말해서 형한테 복수하고 싶은 거 아니야?"

"뭔 말이야? 복수는 무슨."

엄마는 말도 안 되는 소리 하지 말라는 듯 눈을 흘겼지만 한 순간 눈빛이 반짝였다.

"그러면 단순하게 생각해야지. 나에게 잘해 주는 모습을 보여 주는 거, 그거는 완전 초딩들이나 하는 짓이야. 형은 그 방법에 꿈쩍도 하지 않을걸? 복수하려면 상대편을 화나게 만들어야 하는 게 기초 단계야. 그런데 그렇게 유치한 방법으로는 절대 형을 화나게 못 해. 어떻게 하면 형을 화나게 할지 그걸 연구해."

나는 지금은 진심으로 엄마를 도와주고 싶었다.

"공부나 해."

한참 후 엄마는 내뱉듯 한마디 하고는 주방으로 들어갔

다.

다른 날보다 조금 일찍 집에서 나왔다. 비는 여전히 내리고 있었다. 텅 빈 교실에서 세미를 기다렸다.

"잠깐 보자."

세미가 교실에 들어서자마자 나는 세미를 복도로 불러 냈다.

"줘라."

세미가 대답 대신 고개를 쳐들고 나를 바라봤다. 콧날 중간을 기점으로 얼굴을 반으로 나눴을 때 머리카락이 내려오는 정도나 보이는 눈의 크기 같은 게 정확하게 데칼코마니였다. 어쩌면 저렇게 반으로 똑같이 나눠질 수 있는지 신기했다.

"어제 문자 보냈잖아. 문자를 확인했으면 답 문자를 보내 주어야 하는 거 아니냐? 교실 바닥에 떨어져 있던 빨간 구두, 네가 가져갔잖아. 남의 물건 집어서 꿀꺽하는 거 엄연히 절도야. 법에 걸린다고."

애가 웬만해서는 꿈쩍도 하지 않을 거 같아서 세게 나갔다.

"미친 새끼."

세미는 대뜸 욕을 내뱉고는 교실로 들어가 버렸다. 갑작스러운 상황에 멘붕이 왔다. 쟤가 분명히 나한테 미친 새끼라고 했지? 무슨 욕을 저렇게 쉽게 찰지게 한담. 저랑 나랑 언제부터 욕을 주고받는 사이였다고?

"세미는 왜?"

그때 상호가 내 어깨를 쳤다.

"아, 몰라. 뭐 저딴 게 다 있어?"

겨우 정신을 수습하고 나자 화가 치밀었다.

구두 소리,
또가닥 또가닥

"우산 좀 빌려 달라고. 화단으로 뭐가 떨어졌거든."

나찬이가 몸을 건들거리며 말했다. 나는 복도에 있는 우산꽂이에서 내 우산을 빼서 나찬이에게 내밀었다. 일부러 우산을 빌리러 온 건 아닐 거다. 무슨 꿍꿍이가 있는 게 확실했다. 아침부터 비가 내렸고 나찬이도 학교에 올 때 우산을 쓰고 왔을 거다. 만약 우산이 없다고 해도 그렇다. 자기 반에서 빌리면 되는 거지 굳이 여기까지 올 이유는 없다. 그리고 허구한 날 화단에 뭘 떨어뜨린다는 말도 믿을 수 없었다.

"같이 찾으러 가자. 후배님아."

나찬이가 내 어깨에 손을 올렸다. 나는 나찬이와 어깨

를 나란히 하고 교실에서 나왔다. 아이들 눈이 모두 나와 나찬이에게 쏠렸다는 걸 돌아보지 않아도 느낄 수 있었다.

"너 알고 있냐? 학교에서 샘들이 나를 김나성 폭행 사건의 주범이라고 의심하고 있더라고. 너도 그렇게 생각하냐? 나는 김나성을 때린 적이 없는데 대체 왜 그러는지 알 수가 없거든."

나찬이가 말하는 순간 복도 천장이 내 머리 위로 폭삭 주저앉는 충격을 받았다. 그날 밤 나찬이는 나를 봤구나. 혹시나 했는데 역시였다. 어떻게 해야 할지 마음도 머릿속도 복잡했다. 달팽이 껍데기 안에서 웅크리고 있으려고 생각했는데 누가 나를 억지를 거기에서 끄집어낸 건지 알 수 없었다. 나찬이는 화단을 돌아다니며 뭔가 찾았지만 결국은 빈손으로 화단에서 나왔다.

"뭔가를 떨어뜨렸어도 있잖아. 떨어진 게 확실해도 있지. 안 찾거나 못 찾으면 떨어뜨리지 않은 게 될 수 있어. 여기로 떨어진 게 아니었나? 창문에서 떨어지다가 바람에 날려 다른 곳으로 간 건가? 그런가 보다. 이렇게 생각하게 된다는 거지. 그러니까 내 말은 여기 이 화단에 서서 뭔가 떨어지는 걸 정확히 본 사람이 없는 이상, 뭔가 떨어지는 걸 보고 떨어진 자리를 알려 주며 찾아 주는 사람이 없는 이상, 결국은 안 떨어진 게 되는 거라는 뜻이지. 무슨 말인지 알지?"

그날 밤 목격자는 나밖에 없다는 뜻이다. 내가 증인이 되지 않고 입을 다물고 있으면 나찬이가 김나성을 때린 것은 증거도 증인도 없는 사건으로 묻히게 된다는 뜻이다. 나는 나찬이 말뜻을 정확히 알아들었지만 대답할 수 없었다. 내가 아니면 김나성 폭행 사건은 영원히 묻히게 되는 건가? 김나성은? 나찬이는 김나성이 영원히 입을 다물 거라고 믿고 있다는 뜻이다. 그것도 아주 철석같이 말이다. 그 믿음의 정체가 뭘까. 짐작은 가지만 저 정도로 확고한 믿음일 줄은 몰랐다.

"믿어도 되지? 뭐 공짜는 아니야. 공짜로 해 달라고 그러면 내가 나쁜 놈이지. 나도 고마운 건 알거든. 의리도 좀 있는 편이고. 네가 내 도움이 필요할 때 언제든 무슨 일이든 네 편이 되어 줄게."

나찬이의 매섭고 날카로운 눈빛에 얼굴이 녹아내리는 듯했다. 그때 소라가 중앙 현관 안으로 들어서고 있었다. 소라와 눈이 정면으로 마주쳤다.

'단순하게 생각해. 상대편을 화나게 하는 일이 복수야.'

상담 선생님이 한 말이 떠올랐다. 이게 상담 선생님이 말한 거래구나. 나에게 어떤 일이 일어날지 미리 알고 있는 상담 선생님의 초인적인 힘에 다시 한번 놀랐다. 나는 소라가 보는 앞에서 나찬이 손을 잡으며 고개를 끄덕였다. 누가 봐도 나찬이와 친한 사이라는 게 느껴지도록 최선을 다해 연기했다.

소라는 교실로 들어서자마자 내 팔을 낚아챘다.

"나찬이랑 친하냐고 묻고 싶은 거지? 맞아! 친해. 아니, 아직은 친한 건 아니지만 곧 친해질 거야. 나찬이가 나하고 친하게 지내자더라."

나는 소라가 묻기 전에 먼저 말했다. 상대에게 가장 치명적인 펀치는 갑자기 치고 들어가는 펀치다. 역시 소라는 놀라는 눈치였다.

"왜냐고 묻고 싶지? 왜 친하게 지내려고 하느냐고? 그건 말해 줄 수 없으니까 묻지 마. 소라 너하고는 전혀 상관 없는 일이야. 그리고 상관이 있다고 해도 내가 너한테 말해 줄 이유는 없잖아?"

"솔직히 말해 봐."

소라가 아랫입술을 질끈 깨물었다.

"내가 너랑 무슨 관계라고 솔직히 말해? 설마 너랑 30일 사귀었다고 모든 일을 공유해야 한다고 말하고 싶은 건 아니지? 나는 너랑 사귀는 30일 동안은 그렇게 했었지. 네가 원하는 건 다 해 주려고 했고 네가 궁금한 건 다 밝혔어. 하지만 너는 아니었어. 나에게 비밀이 없었다고 말할 수 없지? 그리고 지금은 너랑 헤어졌어. 더더욱 너한테 말할 필요는 없는 거지."

나는 되도록 쌀쌀맞게 말했다.

"너, 나찬이의 비밀을 지켜 주기로 한 거야? 진짜?"

"무슨 비밀? 나는 나찬이 선배님의 비밀을 모르는데? 아하, 운동장 타령? 나는 그날 운동장에 안 갔었다니까."

나는 소라를 밀치고 교실로 들어섰다. 가슴이 뜨거워졌다. 뜨거워진 가슴은 용암처럼 끓어오르며 꿈틀거렸다. 나는 이 뜨거움이 소라가 내는 화의 온도임을 알았다.

점심시간에 식판을 들고 세미 옆에 앉았다. 고개를 숙인 채 숟가락질을 하던 세미가 힐끗 바라봤다. 양쪽 머리에 가리어진 얼굴에는 그늘이 졌고 눈은 매서워 보였다.

"아까 왜 대뜸 욕했냐?"

나는 되도록 부드럽게 말했다. 비록 욕은 먹었지만, 그래서 황당하긴 하지만, 냉정하고 차분하게 이유라도 물어보겠다는 뉘앙스를 풍기는 것이 중요했다. 화부터 내면 대화는 그걸로 단절이다. 세미는 말이 없었다.

"왜 대뜸 욕했느냐고?"

"귀찮아 죽겠네."

세미가 중얼거렸다.

"입장을 바꿔 놓고 생각해 봐. 무턱대고 욕을 먹고 가만있을 사람 누가 있냐?"

"미친 새끼."

세미가 숟가락으로 식판을 내리쳤다. 너무도 자연스럽고 매끄럽게 욕이 나왔다. 황당했다. 내가 곱게 자란 타입은 아니고 여태 살면서 엄마에게 온갖 설움을 받았지만 욕을 먹어 본 적은 없다. 엄마는 그런 면에서는 교양과 품위가 있었다. 그리고 학교에서도 친하게 지내는 아이들이 없다 보니 나에게 욕은 한없이 낯설었다. 가끔 상호가 욕을 하긴 했지만 억양이나 세기에 있어서 이 정도로 찰지고 당혹스러움을 불러오는 욕은 아니었다.

"구경도 못 한 구두인지 지랄인지를 왜 나보고 내놓으라고 지랄이냐고? 뭐 절도? 미친 새끼."

세미는 혼잣말을 하듯 중얼거렸다. 나는 벌어진 입을 다물 수가 없었다. 하도 어이가 없어서 할 말을 잃었다.

"뭘 그렇게 봐? 밥이나 처먹어."

세미는 자리를 박차고 일어나 식판을 들고 가 버렸다. 강력한 펀치에 난타질을 당한 듯 정신이 하나도 없었다.

"세미가 왜?"

그때 상호가 바람처럼 나타나 옆에 앉았다.

"아, 몰라! 뭐 저딴 게 다 있냐?"

"세미가 뭘 어쨌는데 아까부터 저딴 게 다 있느냐고 그러는데? 세미가 너하고는 말하냐? 내가 말을 시켜도 절대 입을 안 열던데? 목소리는 어때? 좋아? 이뻐?"

나는 상호를 물끄러미 바라봤다.

"미친 새끼."

미친 새끼라는 말이 언제 나오는 말인지 확실히 알겠다.

"뭐?"

"미친 새끼."

"왜 욕하고 난리야?"

"세미가 그러더라고. 나보고 미친 새끼라고. 욕 더럽게도 잘해. 목소리가 어떠냐고? 마녀도 울고 가게 생겼다. 목소리에 주름이 자글자글하더라고. 아, 재수 없어. 그런데 너는 왜 세미인지 쟤한테 관심을 갖는 거냐? 혹시 좋아하는 거냐?"

내 말에 상호 얼굴이 확 변했다.

"아, 미안하다. 열받는 소리를 해서."

오징어 다리 상호의 여자아이 보는 눈은 높은 편에 속한다. 상호는 늘 자신의 높은 눈을 자랑스럽게 생각하고 있다. 그런데 너무 화가 나서 헛소리가 나왔다.

자기 수준을 어떻게 보고 그런 소리를 하느냐고 화를 낼 줄 알았던 상호가 조용했다.

"미친 새끼."

한참 후에 상호가 중얼거렸다. 열받는 소리를 했으니 욕먹는 거야 당연한 것일 수도 있지만 하필이면 많고 많은 욕 중에서 세미한테 들은 미친 새끼람?

그나저나 세미의 행동을 보면 빨간 구두는 세미가 가져가지 않은 거 같았다. 상담 선생님에게는 빨간 구두를 가져간 아이를 안다고 큰소리쳤는데 난감했다.

수업이 끝나고 소라와 마주치기 싫어서 교실에서 미적대다 늦게 나왔다. 나는 상담실이 가까운 중앙 현관 쪽으로 가지 못하고 건물 아이들이 발길이 뜸한 건물 뒤쪽 후문 현관으로 나왔다. 현관 옆에 방치된 신발장에는 거미줄이 쳐져 있고 쾨쾨한 냄새가 났다. 여기는 청소도 하지 않는 모양이었다. 하긴 이쪽은 오기도 싫을 거다. 학교가 생기기 전 공동묘지 터였던 이곳에서 가장 기가 센 곳이 바로 이쪽이라고 했다. 신발장 바로 옆에 있는 화장실에서 귀신이 유독 잘 나왔고 귀신을 본 아이가 한둘이 아니라는 소문도 있었다.

"아, 섬뜩해."

운동화로 갈아 신고 몸을 일으키는데 이상한 소리가 들렸다. 빗소리 속에 잔잔히, 그러나 또렷하게 울려 퍼지는 소리. 또까닥…… 또까닥……. 나는 귀를 기울였다. 발걸음 소리였다. 발걸음 소리는 불규칙했다. 소리는 점점 더 멀어졌다. 나는 심호흡을 한 다음 신발장 뒤로 몸을 숨기고 소리가 나는 쪽을 바라봤다.

흡!

나는 내 눈을 의심했다. 상담 선생님이 한쪽 발에 빨간 구두를 신고 한쪽에는 굽이 높은 실내화를 신고 있었다. 구두와 실내화 굽이 달라 발걸음 소리가 불규칙했다. 상담 선생님이 지나간 복도 바닥에는 빗물이 흥건했다. 심장이 마비된 듯 숨이 쉬어지지 않았다. 저게 뭐 하는 짓이지? 미친 거 맞지? 그런데 저 빨간 구두는 어떻게 상담 선생님이 가지고 있는 거지? 수십 가지 생각이 한꺼번에 뒤죽박죽 떠올랐다. 나는 상호에게 전화를 했다. 이 상황을 상호는 어떤 식으로 받아들이는지 알고 싶었다. 신호음이 한 번 울리자마자 상호는 전화를 받았다.

"왜? 바쁘니까 빨리 말해."

"있잖아. 미친 거 같아. 아니 같은 게 아니라 맞아. 미친 게 맞다고."

"누가?"

"비를 맞고 신발도 짝짝이로 신고 다녀. 아! 혹시 네가 말한 그 물고기 말이야. 사람의 다리와 영혼이 필요한 물고기. 그 물고기 아닐까? 그건 아닐 거라고 생각했었는데 맞을 수도 있을 거 같아."

"뭔 소리야? 누가?"

바로 그때였다.

"왔니?"

전화기 저편으로 다른 사람 목소리가 들렸다. 어디서 많이 듣던 낯익은 목소리였다. 어디서 들었더라? 생각하다 나는 너무 놀라 휴대폰을 떨어뜨렸다. 전화기 저편에서 들리는 목소리는 상담 선생님의 목소리였다. 상호가 상담실에 갔다는 말이었다. 나는 교문 앞에서 상호가 나오기를 기다렸다. 기다린 지 1시간 정도가 지나서 상호가 나왔다.

"어? 오신우 너 왜 여기에 있냐? 내가 아직 학교에 있는 거 어떻게 알고?"

"너 상담실에서 별일 없었던 거지?"

"내가 상담실에 갔었던 건 어떻게 알았냐? 내가 요즘 문제가 좀 생겨서 상담하고 왔지. 그런데 상담 쌤 진짜 상담 잘하는 거 같아. 마음이 아주 편해져. 나는 하연이 말만 듣고 이상한 사람이면 어쩌나 걱정했었거든. 그런데 아니었어. 오늘은 상담실에 갔는데 문은 열려 있고 쌤이 없는 거야. 그래서 기다렸지. 한참 후에 상담 쌤이 오는데 비를 흠뻑 맞고 온 거 있지? 왜 비를 맞았는지 설명해 주더라고. 후문으로 가는 쪽에 화단 같은 거 있잖아? 풀이 수북해서 화단이리고 부르기 미안하지만 아무튼 그런 거 있잖

아. 상담 선생님이 처음 오던 날 거기에 무슨 모종을 심었대. 그런데 풀이 얼마나 잘 자라는지 매일 풀을 뽑아 줘야한다더라. 풀만 뽑으러 가면 갑자기 폭우가 쏟아진다는 거야. 상담 샘도 참 신기하다고 하더라고. 비가 멈췄을 때 나가도 풀을 뽑다 보면 기다렸다는 듯 폭우가 쏟아진대. 아까도 잠시 비가 뜸할 때 나갔는데 또 비를 맞았다고 하더라고. 막 이러면서 뛰어왔다고 하더라."

상호가 두 팔을 휘저으며 뛰는 흉내를 냈다.

"하연이가 본 게 바로 상담 샘이 뛰는 장면이었지. 결론은 아주 지적이고 연애에 대해서는 굉장히 아는 것도 많은 상담 샘이야. 품위도 있고. 오징어 다리인 내게 이런 진지한 상담 거리가 생길 줄 누가 알았겠냐. 누굴 좋아하느냐고는 묻지 마라. 말해 줄 수 없으니까. 아, 맞다. 아까 그말은 무슨 말이냐? 아, 아, 아니다."

상호 표정과 말이 너무 진지해서 나는 내가 아까 잘못본 게 아닌지 헷갈렸다.

질투
유발

"다행이구나. 잔뜩 찌그러졌던 네 자존심이 펴지고 있다니. 그럼 다음 단계로 나가 볼까? 다음 단계도 역시 단순한 생각이 베이스로 깔려 있어야 해. 모든 사람들이 다 알고 있는 방법이기도 하지. 질투 유발."

"질투 유발이요?"

"그래, 소라가 질투를 느끼게 만드는 거야. 이게 가장 강력한 방법이야."

그건 아니다. 질투 유발은 서로 좋아했을 때나 가능한 거다. 나는 혼자 소라를 좋아했고 소라는 나를 이용해 먹으려고 나에게 접근했다. 이런 사이에 질투 유발은 있을 수 없다.

"다시 한번 말씀드리지만 소라는 저를 좋아하지 않았어요. 제가 무슨 짓을 해도 소라는 질투 같은 거 안 느낄 거예요. 공연히 헛발질만 해서 웃음거리가 될 수 있어요. 이제 소라 앞에서 멍청하고 바보 같은 모습은 보이고 싶지 않아요."

"사람은 말이다. 내가 상대편을 그다지 좋아하지 않더라도 나를 좋아하는 상대편이 나 말고 누군가를 좋아한다는 걸 알게 되면 대부분 질투를 느껴. 참 이해 안 되는 부분이지? 누구를 좋아하는 척할까? 누가 좋을지 생각해봐."

"선생님. 그건 좀 곤란할 거 같아요. 저는 여친이 생기길 목이 빠지게 기다렸지만 아무나 좋아하지 않는 성격이에요. 제가 아무나 좋아한다고 생각하시면 오해라고요."

자존심이 상하려고 했다. 소라가 먼저 사귀자고 해서 사귀기 시작했던 것이지만 소라니까 단박에 오케이했던 거다. 세미 같은 애가 와서 그랬다면 어림도 없다.

"누가 너보고 진짜 좋아하래? 좋아하는 척하라는 거지. 아마 초기 단계와 2단계보다 훨씬 더 펄펄 끓는 뜨거움을 느낄 수 있을걸. 그만큼 더 통쾌하고 말이야. 복수의 진가를 알 수 있지.”

나는 우리 반 여자아이들 얼굴을 떠올려봤다. 하지만 마땅한 얼굴은 없었다.

“연예인은 어떨까요? 연예인을 무지하게 많이 좋아하는 거 같은 모습을 보여 주는 거죠. 팬미팅 티켓을 사서 교실에서 자랑도 하고, 콘서트 티켓도 사고, 연예인에게 줄 선물도 사는 거죠.”

“말도 안 되는 유치한 생각이구나.”

상담 선생님이 한숨을 내쉬며 한심하다는 눈빛으로 나를 바라봤다.

“연예인에게 관심을 갖는 행동에 질투를 느끼는 건 사귀고 있을 때야. 사귀고 있을 때 나에게 줄 관심을 연예인에게 주면 질투를 느끼고 다투게 되지. 하지만 말이다. 소라와 너는 헤어졌다면서? 헤어졌는데 그 방법이 통할 거 같니? 네가 예쁜 연예인을 아무리 좋아한다고 한들 네가 그 연예인과 사귀게 될까? 그 연예인이 너를 좋아할 확률이 있느냐고? 그럴 수 없다는 걸 소라도 알고 있는데 질투는커녕 너를 더 멍청하게 생각하게 될걸?”

듣고 보니 맞는 말이었다. 나는 다시 우리 반 여자아이들을 떠올렸다. 여전히 마땅한 아이가 없었다. 소라에게 제대로 먹히려면 남자아이들에게 인기가 있는 여자아이가 좋겠지만 그중에 내가 좋다고 쫓아다니면 받아 줄 아이는 없는 거 같았다. 우리 반 여자아이들은 거의 대부분 서로서로 친하다. 어설프게 시도하다가는 똘똘 뭉친 여자아이들에게 웃음거리가 될 수도 있다. 그때 세미가 떠올랐다. 솔직히 좋아한다고 말하며 접근하는 건 고사하고 쳐다보기도 싫은 아이다. 남자아이들에게 인기가 없어 소라를 자극하는데 약간은 부족한 감이 있긴 하지만 세미만큼 안전한 아이도 없다. 세미는 넓은 태평양에 혼자 떠 있는 작은 섬처럼 늘 혼자인 아이다. 다른 여자아이들과 똘똘 뭉칠 일은 절대 없을 거 같았다. 치근대며 접근하다가 욕이야 먹을 수 있겠지. 하지만 욕이 배를 뚫고 들어오는 것도 아니고 귓속으로 파고들어 자리를 잡고 앉는 것도 아니고 못 들은 척하면 되는 거다.

"한 명 생각났어요."

"다행이다. 마땅한 아이가 있어서."

"하지만 인기가 없는 아이라 성공할 수 있을지 없을지는 모르겠어요."

"그건 너에게 달렸어. 그 아이에게 잘해 줘. 무조건 잘해 줘. 어떻게 잘해 줄지는 소라에게 해 봤으니까 일일이 알려 주지 않아도 알지?"

"소라에게 했던 대로 하라고요?"

그건 좀 곤란하다. 그건 마음에서 우러나와 저절로 했던 행동들이었다. 그런 걸 세미에게 하라니. 아무래도 그건 불가능할 거 같았다.

"단순하게 생각하라고 했잖아? 진짜 좋아하라고 하는 것도 아닌데 뭐가 문제니? 너 배우들이 연기하는 거 봤지? 어떤 배우는 자기가 맡은 캐릭터에 빙의하기 위해 그 캐릭터의 직업에 직접 도전해 보기도 한다더라. 배우들에게 물어보면 그들의 목표가 뭔지 아니? 연기로 인정받는 거라고 해. 물론 네가 배우는 아니지만 배우라고 생각하고 연기를 하란 말이야. 무슨 말인지 알겠지? 이제 시간이 별로 안 남았는데 그 시간 안에 얼른 네가 목표한 바를 이뤘으면 좋겠다. 나는 내가 목표한 바를 이루고 말이다. 빨간 구두는 잘 찾고 있는 거지?"

빨간 구두라는 말에 할 말이 쏙 들어갔다.

"이제 그만 가 봐. 다른 아이가 상담 예약되어 있거든."

나는 일어서다 도로 앉았다. 아무래도 이 말은 물어봐야 할 것 같았다. 그냥 가만히 있으려니까 찜찜했다.

"선생님."

그 질문을 하려니까 심장이 쿵쾅댔다.

"왜?"

"……."

"왜? 할 말이 있으면 해."

"제가 이런 말 한다고 해서 절대 화내지 마세요. 확실한 걸 말하는 건 아니고요. 그럴 수도 있을 거라고 생각해서 물어보는 거니까요. 선생님은 빨간 구두를 찾으려고 엄청 노력하고 있잖아요?"

"엄청 노력은 네가 하고 있지."

"예? 아, 예, 맞아요. 제가 엄청 노력하고 있지요. 그런데요. 혹시 제가 찾는 그 구두 말고도 빨간 구두가 또 있나요?"

나는 단도직입적으로 물었다.

"아니. 나는 빨간 구두는 그거 딱 하나야. 다른 색 구두는 많지만 말이다."

"다른 색 구두는 많다고요?"

그렇다면 내가 빨간색으로 봤던 그 구두가 주황색이나 주홍색 뭐 이런 건가? 비가 내려서 복도는 우중충했다. 충분히 색깔을 착각할 수도 있는 상황이었다. 혹시 신발을 짝짝이로 신고 다니기도 하느냐는 말도 안 되는 질문을 할까 말까 망설이는데 상담 선생님은 다음 예약자가 올 시간이 되었다며 돌아가라고 재촉했다.

나는 집으로 돌아오자마자 중고 마켓을 둘러봤다. 세미에게 선물을 하긴 해야겠는데 새 걸 사 주기는 아까웠다. 소라에게는 뭐를 줘도 아깝지 않았다. 빨간 구두는 소라의 주문에 따르느라고 어쩔 수 없이 중고를 샀던 거다. 천만 원에서 살짝 흔들리기는 했지만 천만 원은 너무나 큰 돈이어서 내가 잠시 정신줄을 놓았던 거고 말이다.

"어?"

중고 마켓을 돌아보던 나는 이상한 코너를 발견했다.

좋아하지 않는 여친에게 줄 선물은 여기에서!

"이런 곳도 있다니!"

나는 나에게 딱 맞춤형인 중고 마켓에 감탄했다. 가격

은 최고 만족이었다. 나는 머리핀 두 개를 금세 골랐다. 세미에게 어울리는지 어울리지 않는지 그런 고민을 하지 않아도 되어 좋았다. 편했다.

초스피드를 자랑하는 택배로 머리핀은 새벽에 도착했다. 실제로 본 머리핀은 컴퓨터 화면으로 보던 것보다 훨씬 멀쩡했다. 새 거라고 해도 믿을 정도였다. 나는 에이포(A4) 용지로 머리핀을 대충 쌌다.

소라가 보는 앞에서 선물하려고 했는데 몇 번이나 기회를 놓쳤다. 세미 옆으로 접근하기 좋을 때는 소라가 교실에 없었고 소라가 있을 때는 세미가 어디론가 사라지고 없었다. 기회는 점심시간에 왔다. 급식실에서 소라와 세미가 마주 앉아 밥을 먹고 있었다. 마침 세미 옆 자리도 비어 있었다. 나는 세미 옆에 앉았다. 커튼처럼 쳐진 머리 사이로 번득이는 두 눈이 보였다.

"이거."

나는 세미 눈을 똑바로 보지 않은 채 세미 식판 옆에 에이포 용지로 싼 머리핀을 올려놨다. 세미는 나와 머리핀을 번갈아 바라봤다.

"선물이야."

소라 보란 듯 웃고 싶었지만 마음대로 되지 않았다. 잠시 나와 에이포 용지 뭉치를 번갈아 보던 세미는 다시 밥을 먹기 시작했다.

"선물이라고."

나는 좀 더 큰 목소리로 말했다. 세미는 들은 척도 하지 않았다. 한 마디 대꾸라도 하면서 협조 좀 해 주면 좋을 텐데 말이다. 상대를 잘못 고른 거 같아 후회가 밀려왔다.

"너한테 잘 어울릴 거 같아서."

나는 한마디 더 했다. 스스로 생각해도 오글거리는 말이었다. 나는 온몸을 흔들어 팔뚝에 돋는 소름을 털어 내고 싶었지만 꾹 참았다.

"머리에 꽂고 다녀라. 그럼 앞도 잘 보일 거다."

나는 머리핀을 세미 가까이 밀며 말했다. 그러고는 힐끗 소라를 바라봤다. 소라는 묵묵히 밥을 먹고 있었다.

세미는 밥을 다 먹도록 머리핀을 건드리지 않았다. 머리핀을 버려 둔 채 그냥 가 버리면 어쩌나 조마조마했다. 밥을 다 먹고 난 세미는 머리핀을 집어 교복 주머니에 넣고 이렇다 저렇다 말 한마디 없이 빈 식판을 들고 가 버렸다. 얼마나 고마운지 손이라도 덥석 잡고 싶었다. 애가 좀 이상해도 그리고 쌀쌀맞기는 해도 상대편의 마음을 헤아릴 줄 아는 따뜻함이 있구나. 감동의 물결이 밀려들었다. 그때 온몸이 서서히 뜨거워졌다. 뜨거움은 저번의 뜨거움과는 비교가 되지 않았다. 쇠를 녹이는 용광로의 온도가 이 정도일 거 같았다. 소라가 이 정도로 화가 났다는 뜻이다. 대성공이다.

"오신우. 너 그런 애였니? 내가 너를 잘못 본 거 같다."

급식실에서 나오는데 소라가 다가오더니 내뱉듯 말했다.

"내가 뭐 어쨌는데?"

나는 심드렁하게 대꾸했다.

"아무한테나 선물하고 고백하고 그러는 아이였느냐고?"

와, 대박! 상담 선생님의 놀라운 실력에 박수를 보내고 싶었다.

"누가 그래? 내가 아무한테나 선물하고 고백한다고? 나는 내가 좋아하는 아이한테 선물하고 고백하거든. 뭔 그런 말도 안 되는 오해를 다 하고 난리냐?"

소라는 잠시 말없이 나를 쏘아보더니 찬바람을 일으키

며 돌아서 가 버렸다.

"오신우!"

그때 상호가 다가왔다.

"오신우, 너 그런 아이였니? 내가 너를 잘못 본 거냐?"

상호는 다짜고짜 말했다.

"무슨 말이야?"

똑같이 말하자고 소라와 짰나.

"세미 재수 없다며? 목소리에 주름이 자글자글하다며?
나한테 그렇게 말해 놓고 왜 그딴 식으로 접근하냐? 너,
이건 어떤 상황에서도 너를 도와주려고 했던 나를 배신하
는 거다. 아냐? 소라에게 차여서 마음이 좀 그런 건 알겠
어. 오징어 다리이며 경험이 풍부한 내가 왜 그걸 몰라. 당
장 다른 여자아이를 사귀고 싶겠지. 소라 보란 듯 말이야."

들다 보니 질투 유발은 복수의 정통 공식인 듯했다.

"그런데 왜 하필 세미냐?"

"뭐?"

이건 또 무슨 상황이람?

"네가 세미한테 접근하고 있잖아? 에이포 용지에 싼 거
머리핀이지? 옆으로 삐져나온 거 다 봤으니까 거짓말할

생각하지 마라. 네가 왜 세미한테 머리핀을 선물하냐? 네가 세미랑 무슨 사이라고? 세미는 건들지 말고 다른 아이 찾아봐라."

나는 멍하니 상호를 바라봤다. 애가 대체 무슨 말을 지껄이는지 도무지 이해가 되지 않았다.

"나, 세미 좋아한다. 그러니까 오신우 너는 세미한테 접근하지 마라. 건들지 말라고."

상호가 말했다. 나는 내 귀를 의심했다. 상호가 세미를? 오징어 다리에 눈이 높다고 자부하는 상호가 세미를? 나는 머리를 흔들어 정신을 차리려고 애썼다.

"혹시 상담실에 상담하러 가는 것도 세미 문제냐?"

"그래."

"왜 하필이면 세미 같은 아이를 좋아하냐?"

"무슨 뜻이야? 그럼 오신우 너는 왜 세미를 좋아하는데?"

"조, 조, 좋아하긴 누, 누, 누가?"

무슨 벼락 맞을 소리를!

"야, 오신우 내가 두 눈을 똑바로 봤는데 그러지 마라. 좋아하지도 않으면서 선물은 왜 하냐?"

미치고 환장할 노릇이었다. 그렇다고 해서 소라에게 복수하기 위해서 질투심 유발의 차원에서 그랬다고 말할 수는 없었다. 그랬다가는 지글지글 타오르는 상호 눈 속으로 온몸이 빨려 들어가 녹거나 타거나 둘 중에 하나로 끝장날 거 같았다. 선물 주는 것만으로도 저 난리인데 세미를 이용해 먹으려 했다는 말을 들으면 어떨지 상상조차 하기 싫었다. 나는 환장하겠다는 말밖에 할 수 없었다.

"분명히 말하는데 세미한테 접근하지 마라."

"아휴, 답답해. 나는 세미 안 좋아한다고."

나는 가슴을 퍽퍽 쳤다.

"그럼 선물은 왜 했는지 설명해 봐라."

"그건 말할 수 없지만 아무튼 안 좋아한다."

"미친 새끼."

좋아하면 닮아 가는 건가? 왜 많고 많은 욕 중에서 하필이면 미친 새끼람?

"나를 믿어라. 너는 친구가 더 중요하냐? 세미가 더 중요하냐?"

"너는 그걸 질문이라고 하냐? 네가 소라랑 사귈 때 너한테 내가 더 중요했냐, 소라가 더 중요했냐? 친구도 중요하지. 하지만 지금은 세미가 더 중요해."

상호는 힘주어 말했다.

"분명히 말했다."

상호가 힘주어 말했다. 분명히 말하지 않아도 내가 세미를 좋아하는 일은 절대 없을 거니까 걱정 붙들어 매라고 말하고 싶었지만 참았다. 질투 유발! 나는 질투 유발의 대단한 힘에 다시 한번 감탄했다. 소라의 질투만 유발시키려고 했는데 어쩌다 상호까지 그렇게 만들었다.

정신을 차리려고 화장실에 가서 세수를 했다. 대체 어쩌다가 상호는 세미를 좋아하게 되었을까. 아무리 봐도 좋아할 구석이라고는 없는데 말이다. 연애란 진짜 어디로 튈지 모르는 공과도 같았다.

수업을 마치고 자리에서 일어나는데 세미가 다가왔다. 아이들 보는 앞에서 공개적으로 망신을 당하는 건 아닌지 걱정이 되었다. 슬쩍 보니 상호가 이쪽을 뚫어지게 바라보고 있었다. 아까 그 머리핀은 별 뜻 없이 준 거라고, 세미 너한테 잘 어울릴 거라고 말한 거 농담이었다고, 사실 그 머리핀은 중고 마켓에 너무 싸게 올라와서, 세상에 이런 싼 물건도 있나 어떤 물건인지 보고 싶어서 산 거라고 말해야겠다고 마음을 먹는 바로 그 순간이었다.

"고맙다."

세미는 한 마디 내뱉고는 교실에서 나갔다. 어안이 벙벙했다. 미친 새끼라는 말 외에 처음으로 세미 입에서 나온 말이었다. 상호 표정이 차마 눈 뜨고 볼 수 없을 정도로 일그러졌다. 뭔 일이 이렇게 복잡해지는지 모르겠다.

증언

> 너한테 정말 실망이다. 실망해서 포기한다.

수학 학원에서 잠과 싸우고 있을 때 소라에게 문자가 왔다. 형 때문에 얼떨결에 다니게 된 학원이었다. 학원비가 비싸다고 소문나서 나 같은 아이는 감히 넘볼 수도 없는 그런 학원이었다. 이 학원에 와서 깨달은 거 하나는 비싼 학원이나 싼 학원이나 선생님들은 하나같이 학생들을 졸리게 만든다는 거였다.

실망했다는 말은 이해가 갔다. 소라 저만 좋아하는 줄 알았는데 다른 여자아이를 좋아해서 실망했다는 뜻이겠지. 그런데 포기한다는 말은 무슨 말인지 알 수 없었다. 나를 포기한다는 말인가? 소라는 처음부터 나에 대한 기대 같은 건 없었을 텐데 포기는 무슨.

참 이상하게도 포기한다는 말은 사람을 싱숭생숭하게 만드는 데 탁월한 말이었다. 사람을 혼란스럽게 만드는 데도 최고의 말이었다. 포기한다는 문자를 받고 나서 잠이 싹 달아났다. 포기할 건더기도 없을 거라고 여기면서도 소라가 진짜 나를 포기하면 어쩌나 걱정도 되었다.

'대체 이게 뭔 마음이야?'

나는 아리송한 내 마음을 도무지 알 수 없었다.

나는 학원에서 나와 학교로 갔다. 이 상황에 대해 상담하고 싶었다.

상담실 문을 여는 순간 나와 상담 선생님은 동시에 놀랐다. 상담 선생님은 탁자 위에 구두를 잔뜩 올려놓고 있었다. 각양각색의 구두들이었다. 세상에 존재하는 색깔들은 모두 있었다.

"이게 다 선생님 구두예요?"

나는 놀라서 물었다.

"나한테 색색의 구두가 있다는 말을 하지 않았었니? 한 거 같은데? 하지 않았다면 지금이라도 하지 뭐. 구두가 좀 많아."

그 물고기가 퍼뜩 떠올랐다. 물고기에게 다리와 영혼을 빼앗긴 사람은 신발 신기를 거부한다고 했다. 다리를 빼앗아 가는 물고기. 넘쳐나는 구두…… 연결되는 지점이 있는 것 같기도 했다. 나는 고개를 흔들었다. 상담 선생님이 물고기가 아닐까 하는 생각이 잠시 잠깐씩 들긴 했었지만 그리고 지금도 그 생각이 들지만……. 아닐 거다. 상담 선생님은 그 물고기가 아닐 거다.

구두들은 하나같이 낡았고 색도 심하게 바래 있었다.

"한번 싹 닦았으니까 이제 정리할까?"

상담 선생님은 구두를 빨간 캐리어에 정성스럽게 넣었다. 저렇게 귀하게 여기는 구두가 어쩌다가 중고 마켓으로 흘러들었는지 모르겠다.

"구두를 수집하시는가 봐요? 수집하는 걸 좋아하는 사람들이 있더라고요. 제가 아는 어떤 사람은 숟가락을 수집하거든요. 별별 숟가락이 다 있어요. 그런데 대부분 중고 마켓 같은 곳에서 사요. 저도 중고 마켓에서 뭘 좀 사는데요. 구두도 많더라고요. 선생님은 보통 어디서 사세요?"

나는 찾고 있는 빨간 구두가 아니더라도 이 세상에는 수많은 빨간 구두가 있다는 걸 말하고 싶었다.

"나는 구두를 수집하는 게 아니야. 이 구두들은 아주 오랫동안 나와 함께했지. 그리고 수많은 사람들의 연애를 도와주었지. 이것들은 세상에 단 하나씩만 존재하는 귀한 구두들이야."

"연애를 도와주었다고요? 구두가요? 어떻게요?"

"궁금하니?"

상담 선생님이 씨익 웃었다.

"예."

"빨간 구두를 찾아오렴. 그럼 자연스럽게 알게 될 테니."

나는 빨간 구두를 찾아오라는 말에 더는 물어볼 수 없었다.

"아참, 그렇지 않아도 궁금했는데 잘 왔다. 복수는 잘 진행되고 있지? 흡족하니?"

상담 선생님이 캐리어를 닫으며 물었다.

"예. 그런데요. 마음이 왔다 갔다 해요. 소라가 질투를 하긴 했어요. 그리고 실망했다고 말하더라고요. 뭐 실망하거나 말거나 상관없어요. 아주 고소한 일이지요. 그런데 저를 포기한다고 하더라고요. 이상하게 그 말에 흔들려요. 포기한다는 건 영원히 끝났다는 뜻이죠? 소라와 저는 이미 끝났는데 더 이상 끝날 게 남아 있지 않은데 왜 제 마음이 이런 거죠? 이게 무슨 마음인지 잘 모르겠어요."

"생각이 거미줄처럼 엮이니까 흔들리는 거야. 내가 말했잖니. 단순하게 생각하라고. 오직 복수만 생각하라고. 네게 전해지는 소라의 화난 기운만 즐기라고. 소라가 무슨 생각을 하는지 어떤 말을 하는지 그런 것에 신경 쓰면 복수 같은 거 못 해."

상담 선생님은 단호하게 말했다. 나는 잠시 상담실에 앉아 있다가 밖으로 나왔다. 나는 마음을 다잡았다.

아침에 교실에 들어서는데 아이들이 모여서 웅성거리고 있었다.

"대박!"

상호가 나를 보더니 쪼르르 달려왔다.

"야. 소라가 김나성 폭행 사건의 증인으로 나섰대. 난리 났어."

"뭐?"

나는 정신이 번쩍 들었다. 생각지도 못한 일이었다. 그렇다면 그날 저녁 소라는 학교에 왔다는 뜻이다. 나에게는 안 온다고 거짓말을 해 놓고 소라 저도 왔다는 뜻이다. 학교에 왔다면 운동장에 서 있던 나를 봤을 거다. 내가 온 걸 알고 있으면서 끊임없이 운동장 타령을 했다. 나를 증인으로 내세우고 저는 쏙 빠지려고 했던 거다. 내가 짐작했던 계획이 사실이었던 거다.

'진짜 못됐다.'

나는 주먹을 꼭 쥐었다. 숨이 가빠지며 심장이 뛰었다. 더 통쾌한 복수를 하고 싶었다.

"왜 난리가 나? 증인이 생겼으면 김나성 폭행 사건의 범인을 잡으면 되는 거지."

나는 관심 없는 척 심드렁하게 말했다.

"야, 그게 그렇게 간단한 게 아니야. 소라는 나찬이가 김나성을 때렸다고 하는데 김나성은 자기는 나찬이에게 맞은 적이 없대. 때리고 맞는 걸 봤다고 증인이 나섰는데 맞은 놈은 그런 적 없다고 하는 거지. 그러니까 나찬이가 어떻게 나오겠냐? 소라를 잡아먹을 거처럼 난리 났어. 김나성하고 소라하고 사귀는 사이라서 아무 증거도 없이 김나성 편을 든다고 말이야. 그러니까 이런 일에는 함부로 끼어드는 게 아닌데 말이야. 솔직히 말해서 김나성이 나찬이에게 맞았다는 사실을 모르는 아이가 우리 학교에 누가 있겠냐? 입을 다물고 있으면 다물고 있는 이유가 다 있는 거지."

"소라는 어디 있냐? 학교에 왔냐?"

나는 교실을 둘러봤다.

"교무실. 어! 저기 소라 온다."

상호가 교실 앞문을 가리켰다. 세상의 무거운 짐은 다 짊어진 듯 어깨가 늘어진 소라가 들어오고 있었다.

'어떤 위험을 감수하고라도 김나성 편을 들어주고 싶었다는 말이지? 아이고야, 김나성이 그렇게도 좋으냐?'

나는 소라가 한심했다. 보나 마나 김나성은 소라가 증인으로 나서는 걸 반대했을 거다. 나찬이가 그렇게 나올 걸 예상하고 있었기 때문이다. 그런데도 소라가 증인이 된 걸 보면 소라는 김나성을 무지하게 좋아하고 있는 거다. 그래서 얻어맞고도 진실을 밝히지 못하는 김나성이 불쌍하고 가여워서 참을 수 없었던 거다.

'도대체 김나성이 어디가 좋은 거야?'

하늘 높은 줄만 알고 땅 넓은 줄 모르고 한없이 옆으로만 퍼지는 비만에, 고작 열여섯 살 나이에 이마에는 굵은 갈매기 주름이 있고, 성질 더럽다고 자랑하듯 찢어진 눈꼬리에, 원래 까만 건지 아니면 묵은 때인지 거무축축한 목덜미, 어딜 봐도 좋아할 구석이라고는 찾아보려야 찾아볼 수가 없게 생겼다. 그런데도 헤어졌다 다시 만나고 허리에 손을 감고 다닐 정도로 좋아하는 것도 모자라 위험한 짓까지 하고 나서다니. 사람 보는 눈이나 취향이 그 정도밖에 안 되면서 나한테만 잘난 척이지. 설마 또래보다 두 배는 큰 김나성의 주먹에 넘어간 건가? 여친으로 살면 남에게 얻어맞을 일은 없을 거 같아서? 혹시라도 그랬다면 소라의 그 환상도 다 날아갔다. 나는 그날 저녁 분명히 봤다. 나찬이에게 샌드백 수준으로 맞고 있던 김나성을. 마음 같아서는 소라와 마주 앉아 소라의 남자 보는 눈이 얼마나 낮은지 조목조목 따져 가며 말해 주고 싶었다.

나는 소라를 밖으로 불러냈다.

"왜?"

소라는 턱을 있는 대로 치켜들고 온갖 인상을 다 쓰며

물었다.

"자나 깨나 나한테 운동장 타령하더니 소라 네가 운동
장에 갔었네?"

"그게 지금 뭐가 중요한데?"

소라는 얼굴을 돌려 버렸다.

"너는 왜 내가 뭔 말만 하면 그게 뭐가 중요하냐고 묻
냐? 내가 하는 말은 하나도 중요하지 않고 네가 하는 말만
중요하냐?"

"내가 언제 그랬…… 아, 됐다. 너하고는 전혀 상관없
는 일인데 왜 참견이냐? 너는 어차피 운동장에 안 왔었다
며?"

"그래, 안 갔었다. 친척 할아버지가 갑자기 돌아가셔서
거기 갔었다. 너는 다리 만지려고 한 놈 만나기 싫다고 안
간다고 말해 놓고 갔었지. 황소라. 나는 네가 왜 나한테 거
짓말하고 운동장에 갔었는지 다 알고 있어."

엊그제까지만 해도 이 말을 밖으로 꺼내는 게 무서웠었
다. 소라가 내 생각이 다 맞다고 할까 봐서 말이다. 하지만
무서운 것보다, 처참하게 무너지는 자존심보다, 지금은 소
라가 괘씸해서 참을 수가 없었다. 소라가 나를 빤히 바라

봤다.

"나를 이용해 먹으려고 한 거지. 김나성과 짜고. 그런데 내가 너희들 계획에 넘어가지 않으니까 네가 나선 거잖아? 김나성은 네가 나서는 거 반대했지만 네가 고집을 부리고 나선 거잖아. 네가 좋아서 하는 짓이겠지만 앞으로는 나를 끌어들일 생각하지 마라. 나는 절대 넘어가지 않으니까."

소라 얼굴이 서서히 변했다. 처음에는 하얗게 그리고 점점 파랗게. 그러더니 어느 순간 벌겋게 변했다. 소라는 거친 숨을 몰아쉬며 나를 쏘아봤다. 내 몸이 점점 펄펄 끓기 시작했다. 기침을 하는데 입에서 불길이 쏟아져 나오는 거 같았다. 소라가 이 정도로 열받았다는 뜻이다. 사실을 사실대로 말하는데 왜 열을 받고 난리람. 나를 바보로 알았는데 예상을 뒤엎고 바보가 너무 똑똑해서? 바보가 똑똑해지면 열받냐? 나는 씩씩거리는 소라를 두고 돌아섰다.

"어휴, 바보 멍청이!"

소라가 내 뒤통수에 대고 말했다.

"너, 나한테 쪽팔리지? 계획이 다 들통나서 엄청 쪽팔리지? 내가 절대 모를 줄 알았지? 그런데 어쩌냐? 나는 바보도 멍청이도 아니라서 그걸 다 알아 버렸으니."

나는 돌아서서 소라를 쏘아보며 말했다.

"그래. 이미 오신우 너를 포기했는데 내가 뭐하러 바보 멍청이라는 말을 했나 모르겠다. 취소다, 취소!"

소라가 아랫입술을 꽉 깨물며 말했다.

"그리고 지금부터는 아는 척하지 마. 나도 그럴 테니까."

소라는 한 마디 더 했다.

교실로 들어와 자리에 앉아서도 몸이 펄펄 끓는 증상은 한참이나 계속되었다. 오래오래 뜨거움이 지속될수록 뜨거움이 강하면 강할수록 통쾌해야 하는데 이상하게 통쾌하지 않았다. 화장실에서 볼일을 보고 뒤처리도 하지 않고 그냥 나온 거 같은 기분이었다.

'아, 진짜. 왜 자꾸 포기한다는 말을 쓰고 난리야. 그리고 아는 척하지 말라니. 누가 아는 척한다고 했어?'

나는 고개를 힘차게 저어 찜찜한 기분을 털어 내려고 애썼다.

종일 교실 안은 김나성 폭행 사건과 황소라로 펄펄 끓었다. 소라는 두어 번 더 교무실에 다녀왔다.

입맛도 없고 밥맛도 없었다. 나는 급식도 먹지 않고 책상에 엎드려 있었다. 몸에 있는 기운이라는 기운들은 한 톨도 남기지 않고 다 빠져나간 듯했다. 손가락 하나 까닥하기 싫었다.

'연애란 끝내는 것도 되게 힘들구나.'

나는 고개를 들어 창밖을 바라봤다. 사람 마음이 두부라면 얼마나 좋을까 하는 생각이 들었다. 잘라 내고 싶은 부분이 생기면 그런 마음이 존재했다는 흔적조차 남기지 않고 싹뚝 잘라 내면 좋을 텐데. 복수하면 할수록 신나고 통쾌할 줄 알았다.

'소라가 나를 완전히 모른 체하고 나와 사귀었다는 것조차도 다 잊으면 복수가 왜 필요해?'

그렇게 되면 내가 어떤 복수를 한다고 해도 소라는 꿈쩍도 하지 않을 거다. 아무리 일타강사급 상담 선생님의 솔루션대로 한다고 해도 말이다. 내가 원하는 복수는 소라가 반응해 주는 복수다.

'아, 살기 싫다.'

모든 것이 다 재미없어 보였다. 다시 책상에 푹 엎어지는데 급식실에서 아이들이 돌아오기 시작했다. 밥을 먹고 왔으면 양치질은 기본적으로 하든가. 교실이 온갖 반찬 냄새들로 가득 찼다. 빈속에서 구역질이 올라왔다. 숨을 입으로 쉬며 잠을 청했다. 여기에서 벗어나고 싶었고 내 기억들을 잠시만이라도 다 잊고 싶었다.

잠이 살포시 들려는 순간 누가 내 어깨를 툭툭 쳤다. 나는 어깨를 흔들었다. 누군지 모르지만 제발 나를 가만히 두라는 뜻이다.

"오신우, 일어나."

상호가 내 귀에 대고 속삭였다. 나는 다시 어깨를 흔들었다. 다 귀찮으니 제발 그냥 두라는 뜻이다.

"김나성하고 나찬이가 왔어."

나는 벌떡 일어났다.

"야, 너희들한테 할 말이 있다. 나는 나를 팬 사람이 누군지 밝히고 싶지 않다. 그런데 지금 유언비어가 퍼지고 있어. 나를 팬 범인이 나찬이라며 헛소문이 퍼지고 있고. 분명히 말하지만 아니다! 아니라고 분명히 말했다."

김나성이 소라 쪽을 힐끗거리며 말했고 나찬이는 김나성 말에 힘이라도 실어 주는 듯 고개를 끄덕였다.

"오신우, 많이 피곤한가 보다."

나찬이가 교실에서 나가며 나를 향해 손을 번쩍 들고 말했다. 같이 손을 들 수도 그렇다고 무시하고 있을 수도 없어서 살짝 웃어 보이려고 했지만 얼굴 근육이 얼어붙은 듯 움직여지지 않았다.

김나성과 나찬이가 나가고 나서도 한참 동안 교실 안에는 정적이 흘렀다. 아이들 눈은 모두 소라를 향해 있었다. 소라가 책상에 풀썩 엎어졌다. 소라 어깨가 한없이 작아 보였다.

"바보 멍청이!"

나는 소라를 향해 중얼거렸다. 내가 소라 앞에서 바보 멍청이가 되었듯 소라는 김나성 앞에서 바보 멍청이였다.

복수의
마지막 단계

새벽부터 거센 비가 퍼부었다. 밤을 꼴딱 샜다. 어떤 상황에서도 꿋꿋하게 잠은 왔었는데 신기할 정도로 잠이 사라졌다. 내가 봐도 불쌍할 정도로 얼굴이 핼쑥했다. 엄마는 내 얼굴을 한번 힐끗 보더니 냉장고에서 검은 액체를 꺼내 컵에 따라 주었다.

"휴."

엄마가 한숨을 쉬었다.

"왜?"

"아무것도 아니다. 휴우."

엄마는 고개를 저었다. 나는 형 방을 바라봤다. 방문이 굳게 닫혀 있었다. 내가 모르는 새로운 일이 터진 거 같은 예감이 머리를 스치고 지나갔다. 하지만 새로운 일에 대해 궁금하지는 않았다. 지금 내 일만으로도 머리가 터질 거 같았다.

"아이고야, 우리 집 주방 바닥 주저앉겠다. 뭔 한숨을 그렇게 내쉬나? 어젯밤 밤새도록 한숨을 내쉬고도 아직 내쉴 한숨이 남아 있나? 참 이해할 수가 없네. 당신 뜻한 대로 다 되었는데 춤을 춰도 모자랄 판에 왜 그러는지 모르겠다고. 밥 줘. 비가 많이 와서 차도 징그럽게 밀리겠어. 빨리 나가야지."

아빠가 식탁 앞에 앉으며 말했다.

"밥은 매일 먹어야 해?"

엄마가 힘겹게 고개를 쳐들며 아빠에게 물었다.

"뭔 소리야?"

"백 년 가까이 살면서 하루 세끼 꼬박꼬박 챙겨 먹어야 하느냐고? 밥이 지겹지도 않아? 한 끼 안 먹으면 큰일 나? 정 먹고 싶으면 밥통에 밥 있으니까 퍼서 먹어. 밥을 풀 기운도 없어."

엄마는 슬리퍼를 직직 끌며 방으로 들어갔다.

"백 년 가까이 산다고 누가 장담해? 우리 집안은 대대로 수명이 그리 길지 않은데. 아흔을 넘긴 할아버지 할머니는 안 계신 거로 알고 있는데. 그런데 도대체 왜 저러는지 알 수가 없네. 배신당했다고 열받아 있을 때는 펄펄 날아갈 정도로 기운이 넘쳐 나더니. 야, 오신우! 밥 좀 푸고 냉장고에서 김치 꺼내라.”

“저는 밥 먹기 싫은데요.”

나는 검은 액체를 반쯤 먹고 주방에서 나왔다.

“야, 먹기 싫어도 아빠 먹을 밥 좀 퍼 주면 안 되냐? 누군 뭐 꼭두새벽부터 밥맛이 확확 돌아서 밥 먹는 줄 알아? 일해야 하니까 먹는 거야. 나 원 참, 니들이 뭘 알겠냐? 이 벼랑 끝 같은 세상에서 떨어지지 않으려고 아등바등하며 살아가기 위해서는 악을 쓰고라도 먹어야 한다는걸. 아, 슬퍼지려니까 그 얘기는 됐고! 아니, 도대체가 왜들 그렇게 사는 게 복잡해? 공부할 놈은 공부하고 밖에서 일할 사람은 일하고 집안일 할 사람은 집안일 하고 이러면서 단순하게 생각하고 살면 좀 좋아. 어떻게 하면 인생을 배배 꼬이게 해 놓고 그걸 풀며 살까 궁리하는 것도 아니고, 에이.”

아빠가 냉장고를 열고 소리도 요란하게 반찬통을 꺼냈

다. 쾅! 밥솥을 여닫는 소리가 거센 빗소리를 가를 정도였다. 그러게요, 아빠. 뭐든 단순하게 생각하면 좋을 텐데, 그러려고 노력해도 잘 안 되는 게 인생 같아요. 나는 아빠에게 한마디 해 주고 싶었다.

비는 거의 폭포 내리치는 수준으로 쏟아지고 있었다. 다리가 후들거렸다. 고작 몇 끼 제대로 먹지 않았다고 우산도 제대로 쓸 수가 없었다. 겨우 학교에 도착해 흠뻑 젖은 양말을 벗어 빗물을 짜고 있을 때였다. 세미가 들어오다 내 앞에 멈춰 섰다. 그때 약속이나 한 듯 상호가 들어왔다. 상호는 내 앞에 서 있는 세미와 나를 번갈아 바라봤다.

세미가 교복 주머니를 뒤적이더니 머리핀을 꺼냈다. 내가 선물한(선물이라고 말하기는 좀 그렇지만) 머리핀이었다. 싸구려라는 걸 알았나? 알면 어때? 이딴 싸구려를 선물로 주었느냐고 욕하면 욕먹으면 되는 거지. 미친 새끼라고 수백 번 듣는다고 해서 내가 진짜로 미치는 것도 아닌데. 이런 기분에서는 차라리 욕이라도 들으면 속이 시원해질 거 같기도 했다. 나는 턱을 치켜들고 세미를 바라봤다. 그래, 욕해라! 하고 싶은 대로 해라!

세미는 말없이 머리핀을 불쑥 내밀었다. 그러고는 반쯤

씩 보이는 두 눈으로 나를 뚫어져라 바라봤다. 아, 진짜 이렇게 비가 내리는 날에는 저 머리 좀 어떻게 하면 안 되나? 뒤로 좀 넘기든가. 양옆으로 핀을 확 꽂든가. 꼭 한을 품고 나타나는 귀신 같잖아. 아니지, 아니야. 내가 뭔 상관이람? 계속 세미한테 관심을 가질 것도 아닌데. 나는 고개를 저었다. 그리고 말없이 머리핀을 받아들었다. 그러자 세미는 자기 자리로 돌아갔다.

"뭐냐?"

상호가 다가와 물었다.

"뭐가?"

"세미가 왜 머리핀을 돌려주느냐고?"

상호 입꼬리가 씰룩거렸다. 좋아 죽겠는가 보다.

"차인 거지. 그걸 몰라서 묻냐?"

나는 시큰둥하게 말했다.

"그렇지? 차인 거지?"

상호는 덩실덩실 춤이라도 출 거 같았다.

"미친 새끼."

나는 던지듯 말했다.

"뭐?"

"세미한테 미친 새끼라는 말은 듣지 말라고."

나는 짜던 양말을 마저 짰다.

"오신우, 너 오늘 좀 이상하다. 내 눈에 이상한 게 딱 보여. 기운도 없어 보이고. 왜 그러냐?"

상호가 물었다. 세미한테 머리핀을 주었다고 잡아먹을 듯 굴더니 완전히 달라졌다.

"몰라도 된다."

"오신우. 상처받지 마라. 세미가 너를 좋아할 수 없는 건 세미 자신의 탓이 아니야. 누구를 좋아하는 건 마음대로 안 되는 거야. 좋아해야지 해서 좋아지고, 싫어해야지 해서 싫어지는 게 아니라고. 지금 내 눈에는 세상에서 세미가 제일 예뻐 보이고 세미가 제일 귀여워 보이는 것처럼 말이다."

나는 히죽거리며 말하는 상호를 멍하니 바라봤다. 아무리 상상은 자유라지만 내가 세미 때문에 상처받아 이러는 거라는 상상을 아무렇지도 않게 하고 있다니. 하긴 머리핀을 선물했으니 그런 오해를 받아도 싸지. 싫어해야지 해서 싫어지는 게 아니라는 그 말에는 격하게 공감한다.

"그래, 많이 예뻐하고 많이 귀여워해라. 세미도 너를 예뻐하고 귀여워하길 내가 팍팍 빌어 줄게."

나는 한숨을 쉬며 말했다.

온종일 소라에게 눈이 갔다. 쳐다보지 않으려고 해도 자꾸만 눈이 갔다. 웃고 떠들고 펄펄 날아다니며 힘이 남아돌아야 소라다운데 오늘 소라는 소라가 아니었다. 소라는 오전 내내 책상에 엎드려 있었다. 두 번 화장실에 다녀오는 걸 봤는데 얼굴 꼴이 말이 아니었다. 손을 마주 잡고 밥은 먹었냐, 잠은 잤냐, 물어보고 싶은 마음이 굴뚝같았다.

오후가 되자 비는 더 거세게 내렸다. 세미가 제일 먼저 교실에서 나가자 상호가 바로 따라 나갔다. 얼마 후 운동장을 가로질러 가는 상호와 세미가 보였다. 둘은 어느 정도 거리를 두고 걸어가고 있었다. 빗줄기 때문에 잘 보이지는 않았지만 상호 걸음걸이가 신나 있다는 것을 알 수 있었다.

'세미한테 좋아한다는 말은 한 건가?'

그랬다면 세미의 반응이 어땠을지 궁금했다. 커튼처럼 내려온 머리카락 사이로 눈을 번득거리며 쳐다봤을 텐데 그때 상호 기분은 어땠을까. 그것조차도 예쁘고 귀여웠을까.

교실에서 맨 마지막으로 나오려는데 내 우산이 없었다.

아침에 분명 우산꽂이에 꽂아 두었는데 감쪽같이 사라졌다. 창밖을 바라봤다. 맞고 갈 비가 아니었다.

"아, 진짜 누군지 양심 더럽게도 없네. 우산이 없으면 비를 맞고 가든지 왜 남의 우산은 가져가고 난리야."

화가 났다. 나는 우산꽂이를 걷어찼다. 하필이면 모서리를 차는 바람에 발가락 다섯 개가 부러져 나가는 거 같았다.

"에이씨!"

나는 발을 부여잡고 쓰러진 우산꽂이 앞에 앉아 끄억 끄억 울었다. 발가락이 아팠지만 그것 때문에 우는 게 아니었다. 그냥 울고 싶었다. 막 울고 싶었다. 한참을 그러고 있다가 눈물을 그치고 일어났다. 눈물을 그치고 나자 그제야 누가 본 건 아닌지 걱정도 되었다.

중앙 현관에 서서 거세게 쏟아지는 비를 바라봤다. 아무래도 그냥 맞고 갈 수는 없을 거 같았다. 그때 상담 선생님이 떠올랐다. 나는 상담실로 갔다.

상담 선생님은 차를 마시고 있었다. 머리와 옷이 흠뻑 젖어 있었다. 또 비를 맞은 모양이었다. 다른 날과 마찬가지로 상담실은 포근하고 따뜻했다. 어떤 꽃에서 나는 향기인지 모르지만 오늘따라 꽃향기가 진하게 났다.

"왔구나? 잘 되어 가고 있는 거지? 질투 유발은 흡족하니?"

상담 선생님이 물었다. 나는 고개를 끄덕였다.

"그런데 얼굴이 왜 그래?"

"그냥 잠도 잘 못 자고 밥도 잘 못 먹어서 그런가 봐요."

나는 두 손으로 얼굴을 문질렀다.

"왜 잠을 못 자고 밥도 못 먹어? 네가 원하는 대로 복수는 흡족하게 되고 있는데?"

"그러게요."

나는 고개를 숙였다.

"선생님. 우산 좀 빌려 주세요. 어떤 양심 없는 인간이 남의 우산을 가져가 버렸어요."

"일단 앉아. 이제 며칠 안 남았어. 내 계약 기간이 다 끝나 가거든. 다행스럽게도 네 복수가 아주 잘되고 있다니 다음 단계로 넘어가자. 다음 단계는 말이다. 역시 베이스는 단순한 생각이야."

나는 말하는 상담 선생님을 멍하니 바라봤다. 내 귀에는 상담 선생님 말이 하나도 들어오지 않았다. 상담 선생님의 솔루션으로 소라를 열받게 한 게 후회가 되었다. 오직 그 생각뿐이었다. 한참 동안 말을 이어 가던 상담 선생님이 말을 멈췄다.

"오늘 말한 게 마지막 단계야. 오늘 말한 건 질투 유발의 충격 열 배는 될 거다. 너는 아마 몸에 불이 붙는듯해서 데굴데굴 구를 수도 있어. 네가 데굴데굴 구를 정도면 소라가 얼마나 엄청나게 열받을 건지는 상상할 수 있겠지? 그런데 빨간 구두는 어떻게 되었니? 언제쯤 찾아서 가지고 올 거니?"

멍하니 상담 선생님을 바라보던 나는 빨간 구두라는 말에 정신이 번쩍 들었다.

"아, 빨간 구두요."

나는 중얼거리듯 말했다.

"찾아서 가지고 와야지요."

"그래, 다시 한번 말하지만 시간이 얼마 남지 않았어. 가만있어 보자. 우산이 어디 있는 거 같던데……."

상담 선생님은 상담실 뒤쪽으로 가서 검고 큰 우산 하나를 들고 왔다. 우산을 받아 들고 상담실에서 나왔다. 상담 선생님이 내 뒤에 대고 파이팅을 외쳤다. 마지막 복수를 응원하는 거 같았다. 하지만 나는 복수할 기운도 생각도 없었다.

'밥을 먹고 잠을 자면 좀 나아질까? 그러면 다시 화끈하게 복수하고 싶어질까?'

나는 쏟아지는 비를 한참 동안 바라보다 집으로 돌아왔다.

집안 공기가 이상했다. 형 방문은 아침처럼 닫혀 있었고 엄마는 형 방문 앞에 서 있었다.

'오늘 종일 밖에 안 나온 건가? 학교도 안 간 건가?'

처음 있는 일이었다. 형은 시계였다. 늘 규칙적이었고 단 한 번도 그 규칙을 어긴 일이 없었다. 형이 학교에 가지 않았다는 것은 엄청나게 충격적인 일이었다.

"왜 말하지 않는 거니? 왜 그러고 있는지 엄마도 알아야 할 거 아니야?"

엄마가 목소리가 지쳐 있었다. 방에서는 아무 반응이 없었다.

"같이 유학 가지 않겠다는 이유가 뭔지 안 물어봤어? 걔가 같이 가고 싶다고 너를 꼬드긴 거 아니야? 그래 놓고 이제 와서 같이 가지 않겠다는 이유가 뭐냐고?"

나는 엄마를 바라봤다. 형의 여친이 형과 유학을 같이

가지 않겠다고 한 모양이었다. 형의 연애에 무슨 문제가 생겼다는 건 짐작하고 있었지만 이건 좀 충격적이었다. 엄마는 처음부터 형 여친을 마음에 들어 하지 않았지만 가장 큰 사건은 유학 문제였다. 그 문제로 엄마는 형에게서 제일 큰 배신감을 느꼈었다.

"왜? 네 유학비도 내 달라고 할까 봐 그런다니? 아이고야, 우리 집을 뭐로 보고. 걱정하지 말라고 그래. 네 유학비는 엄마가 댈 거니까. 당장 전화해서 말해. 그러고 온종일 누워 있지 말고."

이 말도 충격적이었다. 엄마가 유학비를 대겠다니. 형이 유학을 가지 않는다고 하면 엄마는 춤을 추어야 한다. 좋아서 어쩔 줄 몰라해야 한다. 이게 대체 무슨 일이람.

"엄마, 미쳤어?"

나는 나도 모르게 이렇게 말했다. 미친 새끼라는 말을 몇 번 듣고 났더니 미쳤다는 말이 귀에만 익은 게 아니라 입에도 착착 달라붙었다. 돌아보는 엄마 눈이 매서웠다. 순간 아차 싶었다.

"아, 아, 아니 내 말은, 이, 이런 식으로 하면 절대 복수는 할 수 없다는 뜻이지."

당황해서 제멋대로 말이 나왔다.

"오신우."

"으으응?"

"가서 공부나 해."

"으응, 그럼 공부해야지."

나는 재빨리 돌아섰다. 나는 방으로 들어가려다 물을 마시려고 주방으로 갔다. 정수기에서 물을 받아 마시고 돌아서는 순간 식탁 위에 놓인 컵이 눈에 들어왔다. 쟁반 위에 얌전히 올려진 컵에는 검은 액체가 담겨 있었다.

'형에게 먹이려고 했군.'

엄마의 복수는 실패했다. 아니, 어쩌면 엄마는 한 번도 복수를 시작하지 않았을 수도 있다는 생각이 들었다.

거래 따위는
하지 않겠다는 마음

뒤에서 다가온 섬뜩한 기운이 스멀거리며 내 뒤통수를 타고 올라왔다. 등골이 오싹해졌다. 하필이면 이 순간 화장실에 아이들이 단 한 명도 없다니. 내 뒤에 서 있는 존재는 분명 귀신일 거다. 사람이라면 이런 기운을 내뿜을 수는 없다.

'그래도 뒤에서 덮치기 전에 도망치는 게 낫지 않을까?'

나는 내가 어떻게 해야 할지 판단이 섰다. 판단이 서자 망설이지 않고 빛의 속도로 돌아섰다.

"으악!"

심장이 떨어지는 충격에 비명은 목 안으로 도로 들어갔다. 길고 검은 머리로 얼굴을 가린 귀신이었다. 귀신이 늘

어뜨린 머리를 양쪽으로 천천히 들어 올렸다. 나는 다리에 힘이 빠져 제자리에 쪼그리고 앉았다.

"놀랐냐?"

세미였다. 욕을 한 바가지 퍼붓고 싶었지만 심장이 벌렁거려 욕 목록이 떠오르지 않았다.

"너, 여기 남자 화장실이다."

나는 겨우 한 마디 했다.

"알지. 남자 화장실인 거. 내가 너랑 말하는 거 상호가 보면 싫어할 거 같아서 말이야."

그러니까 상호가 싫어할까 봐 나에게 말을 거는 걸 상호에게 들키지 않으려고 남자 화장실에 침입했다는 말?

"빨간 구두 말이야."

빨간 구두라는 말에 눈앞이 밝아졌다.

"곰곰이 생각해 봤는데 말이야. 그게 말이야."

"'말이야'라는 말은 빼고 빨리 용건만 말해. 이러다 다른 아이가 들어오면 너 큰일 나."

나는 화장실 밖을 기웃거리며 말했다.

"빨간 구두가 교실 바닥에 떨어져 있던 게 기억났는데 말이야. 상호가 속보를 외치며 들어왔을 때 아이들이 상호에게 몰려가며 구두가 누군가에게 차여 굴러가는 걸 본 거 같단 말이야."

"어디로? 어디로 굴러갔는데?"

"그건 잘 몰라. 그냥 굴러가는 것만 봤어. 이것도 겨우 기억해 낸 거란 말이야. 그럼 나는 먼저 나간다. 볼일 덜 봤으면 마저 보고 나와라."

세미가 돌아서다 다시 나를 바라봤다.

"잠깐! 내 자리에서 일어나서 내가 이러고 왼쪽으로 몸을 틀고 서 있었단 말이야. 그렇다면 구두는 오른쪽 방향으로 날아간 거지. 목을 획 돌리지 않아도 자연스럽게 보였던 거 같아…… 오신우 네가 각도 계산해 봐라."

세미는 돌아서려다 또다시 나를 바라봤다.

"미안하다."

그러더니 대뜸 이유도 모를 사과를 했다.

"오신우 네 마음을 받아 주지 못해서. 그래도 머리핀 정도의 선물은 받아도 될 거라고 생각했는데 상호가 싫어하는 거 같아서……."

세미가 화장실에서 나갔다. 나는 세미 뒷모습을 바라봤다. 세미는 다른 이의 마음을 헤아리고 배려할 줄 아는 마음이 따뜻한 아이였다. 반전이었다. 세미와 사귀게 되다니 상호는 좋겠다. 상호는 정말 좋겠다. 상호는 무지하게 좋겠다. 오징어 다리 상호가 다른 다리는 다 쳐 내고 세미만 만났으면 좋겠다. 어쩌면 상호도 세미의 진짜 모습을 봤을 수도 있다. 오징어 다리로 연애의 달인이라고 자부하는 상호가 그걸 몰랐을 리가 없다.

교실로 들어와 세미가 알려 준 대로 각도 계산을 했다. 세미 자리에서 일어나 왼쪽으로 몸을 틀고 섰을 때, 오른쪽으로 날아가는 것을 몸을 틀지 않고, 고개도 획 돌리지 않고 자연스럽게 봤다면…… 내 눈이 사물함 밑을 향했다. 심장이 나대기 시작했다. 당장이라도 사물함 밑을 확인하고 싶은 걸 꾹 참았다. 지금 빨간 구두가 나온다면 나와 소라는 또 아이들 입에 오르내리게 된다. 그렇지 않아도 소라는 지금 김나성 때문에 힘들 텐데 나까지 보태 주고 싶지 않았다.

아이들이 모두 돌아가고 난 후 교실 바닥에 엎드려 사물함 밑을 휴대폰 불빛으로 샅샅이 훑었다. 제일 깊숙한 곳에 신발이 보였다. 빨간 구두인지 아닌지는 정확히 보이지 않았다. 빗자루로 그걸 끌어냈다. 신발이 서서히 밖으로 모습을 드러냈다. 모습을 드러내는 그것이 애타게 찾던 빨간 구두라는 것을 확인하는 순간 나는 나도 모르게 빗자루를 내던지고 만세를 불렀다.

나는 빨간 구두를 가방에 넣고 상담실로 갔다. 상담 선생님은 차를 마시고 있었다.

"벌써 마지막 단계 복수를 다 한 거야? 그건 좀 어려운 건데? 마음을 다잡지 않으면 힘들 텐데⋯⋯. 어때, 흡족하니?"

상담 선생님이 물었다.

"선생님. 야단치면 아무 말도 하지 않고 야단맞을게요. 나쁜 놈이라고 해도 좋고, 순 양아치 같은 놈이라고 해도 괜찮아요. 그런 말 들어도 싸요. 저는 선생님을 속이고 거래를 시작했어요. 거래는 이뤄질 수 없었는데 소라에게 복수하겠다는 펄펄 끓는 마음에 거래하자고 한 거예요. 한마디로 말해서 저는 선생님에게 사기를 친 거예요."

"무슨 소리야?"

나는 가방에서 빨간 구두를 꺼냈다.

"찾았구나?"

상담 선생님 얼굴이 환해졌다.

"죄송해요."

"찾았는데 뭐가 죄송하니? 거래는 잘 이뤄진 건데."

"구두는 한 짝 밖에 없어요."

나는 심호흡을 했다.

"그리고 중고 마켓에서 빨간 구두를 산 아이는 저였어요. 미리 말하지 못해서 죄송해요. 빨간 구두를 가지고 있었다면 바로 말했을 거예요. 하지만 구두를 잃어버린 상황에서 도저히 말할 수 없었어요. 정말 죄송한데요. 구두 한 짝은 영원히 찾을 수 없게 되었어요. 그걸 알면서도 복수하겠다는 마음에 꼭 찾아올 거처럼 거짓말한 거예요. 저한테 막 욕하세요. 야단도 치세요. 정말 죄송합니다."

나는 고개를 숙였다. 진심으로 미안했다. 상담 선생님은 말없이 차만 마셨다. 나는 상담 선생님 눈치를 살폈다. 충격적인 말을 들었는데도 상담 선생님 표정은 크게 달라지지 않았다.

"알고 있었어."

한참 후에 상담 선생님이 말했다. 내가 빨간 구두를 산 아이라는 걸 알고 있었다는 말인지 한 짝을 영원히 찾을 수 없다는 걸 알고 있었다는 말인지 알 수 없었다.

"네가 중고 마켓에서 빨간 구두를 사 간 아이라는 걸."

"그, 그, 그럼 선생님이 처, 천만 원의 주인공이세요?"

"아니. 아니야. 자세한 건 네가 마지막 미션을 수행하면 알게 될 거야."

"미션이요?"

"응. 이제 마지막 솔루션은 너에게는 의미가 없어졌어. 대신 너에게는 미션이 주어졌어. 그 미션을 수행해야 해."

"저는 이제 복수 안 하려고요."

"알아. 그러니까 마지막 솔루션은 필요 없게 되었다는 말이야. 자, 오신우. 내가 지금부터 아주 중요한 말을 할 거니까 잘 들어야 해. 미션에 성공하기 위해서는 네 마음을 잘 들여다봐야 해. 지금 현재 네 마음속에 미션의 답이 있거든."

"지금 제 마음이요? 지금 제 마음은 아주 복잡한데요."

"복잡하겠지. 여러 생각들이 뒤섞여 있으니까. 그 복잡한 생각들 중에서 지금 현재 네가 가장 중요하다고 생각하는 게 뭔지 그걸 찾아야 해. 간단해. 예를 들어주면 말이다. 어느 부잣집에 불이 났다고 하자. 금괴와 현금도 엄청 많고 물건들도 상상할 수 없을 정도로 비싼 것들이야. 자,

그 집 주인은 어떻게 해야 하지? 어떻게 해야 가장 현명한 거지?"

"다 버리고 일단 불 속에서 탈출해야지요."

그건 가장 모범 답안이다.

"맞아. 너도 마음속에 복잡한 것이 수두룩하겠지만 가장 간단하게 생각해. 뭐부터 해야 복잡한 마음이 정리가 될까? 복잡한 마음의 가장 중간에는 뭐가 있을까? 뭘 빼내면 내 마음이 가장 평화롭게 될 수 있을까? 무슨 말인지 이해할 수 있겠지?"

알 것도 같고 그렇지 않은 것도 같았다. 나는 일단 생각해 보기로 했다.

"꼭 성공하자. 네가 미션에 성공하면 나한테도 신호가 올 거야. 제발 그 신호가 오길 바란다."

신호가 어떻게 가느냐고 물어보려다 그만두었다. 상담 선생님이 초인적인 힘이 있다는 것은 이미 증명되었다.

"그런데요, 선생님. 이 구두요. 다시 한번 말씀드리는데 한 짝은 찾았지만 한 짝은 영원히…… 못 찾아요. 바다에 빠뜨렸거든요."

가슴 중간에 커다란 덩어리가 울컥 올라왔다. 미안해서

눈물이 쏟아졌다. 남에게 소중한 것을 영원히 찾을 수 없게 만들었다는 죄책감이 어깨를 짓눌렀다. 상담 선생님은 아무 말도 하지 않았다. 차를 마시며 나에게 차 한 잔을 따라 주었다.

"그건 나중에 얘기하고 일단 미션에 성공부터 하자."

한참 후에 상담 선생님이 말했다.

차를 마시고 상담실에서 나왔다. 거센 비가 지나간 세상은 깨끗하고 맑아 보였다.

운동장을 지나고 교문을 지나고 큰길을 따라 걸었다. 요란스러운 자동차 소리가 아득히 멀리 들렸다. 생각을 하다 보니 번화가였다. 나는 뒤돌아서 걸었다. 생각은 거미줄 같았다.

'나에게 소라는 어떤 존재였을까? 남자아이들이 좋아하는 타입의 여자아이, 나도 사귀고 싶지만 결코 다가갈 수 없었던 아이, 그런 존재였을까?'

처음 시작은 그랬을 수도 있다. 하지만 처음은 어땠는지 몰라도 지금 내 마음속의 소라는 달랐다. 복수를 하면서 깨달았다. 복수에 성공해 나가면서 속 시원하고 고소하면서도 소라 뒤통수를 보고 있으면 가슴 한쪽에서 파도 소리가 들렸다. 소라가 불쌍하기도 했다. 김나성과 나찬이가 교실로 찾아오고 소라의 초라하고도 작아 보이는 어깨를 봤을 때 한없이 무너져 내리던 그 마음을 무슨 말로 표현할 수 있을지 모르겠다. 소라 옆에 앉아 무너져 내리는 소라 어깨를 받쳐 주고 싶었다. 적어도 내 마음속 소라는 다른 아이들이 생각하는 소라와는 다르다는 걸 깨달았다. 형이 했던 말이 떠올랐다. 상대편이 나를 얼마나 좋아하는지 그게 뭐가 중요하냐고, 내가 상대를 얼마나 좋아하는지, 내 마음! 내 마음이 중요한 거라고.

'나는 소라와 거래를 하려고 했구나.'

나는 깨달았다. 내가 소라를 좋아하면 소라도 내가 소라를 좋아하는 만큼 좋아해야 한다고. 그래야 둘 사이의 거래가 어느 한쪽으로 기울이지 않고 이뤄지는 거라고 내 마음 깊은 곳에 그런 마음이 있었던 거다. 그래서 짝사랑이었다는 걸 알았을 때 복수하고 싶었던 것이다. 거미줄 같은 마음들을 하나씩 걷어 냈다. 그러자 중심에 있는 마음이 어떤 건지 알 수 있었다.

집으로 돌아왔을 때 엄마는 호떡을 만들고 있었다. 집 안에 달콤한 냄새가 가득 찼다.

"오신우, 호떡 먹어."

엄마가 주방에서 말했다. 고개를 돌려보지도 않고 내가 온 걸 알다니, 역시 놀라운 능력이었다. 키친타월을 찢어 호떡 하나를 집어 들려는 순간 엄마가 내 손등을 쳤다.

"그걸 먹으면 어떻게 해?"

"먹으라며?"

솔직히 뭘 먹고 싶은 생각은 눈곱만큼도 없었지만 요즘 엄마가 말도 못하게 불쌍해서 먹어 주려고 했던 거다.

"저쪽, 저쪽 접시에 있는 거 먹어."

엄마가 뒤집개로 가리킨 접시에는 설탕이 터져 나온 호떡이 여러 개 놓여 있었다.

"이건 신민이 거야."

그러니까 말짱하니 예쁘게 구워진 호떡의 주인은 형이고 옆구리가 터져 나온 호떡의 주인은 나라는 뜻이다.

"설탕물이 질질 흐르는 걸 먹으라고?"

"오신우, 네가 뭘 몰라서 그러는 모양인데 설탕이 터져 나온 건 무슨 뜻이겠니? 설탕을 많이 넣었다는 뜻이야. 호떡은 설탕이 많이 들어가야 맛있는 거야."

엄마가 나를 힐끗 보며 말했다. 설탕을 많이 넣어 옆구리가 터진 맛있는 호떡은 특별히 생각해서 나를 준다는 뜻인가? 나는 나오려는 헛웃음을 꿀꺽 삼켰다. 그래, 그렇다면 그런 줄 알고 먹으면 되는 거지. 옆구리가 터졌다고 해서 호떡이 아닌 것은 아니다. 나에게 주는 엄마 사랑이 특별해서, 아주 넘쳐나서 옆구리가 터진 거라고 생각하기로 했다.

나는 호떡을 먹었다. 엄마가 슬쩍 고개를 돌려 나를 바라봤다. 엄마 얼굴에 살이 쏙 빠져서 십 년은 늙어 보였다.

"형도 나와서 호떡 먹으라고 말해."

엄마가 말할 때 입 주변으로 주름이 조글거렸다. 나는 형 방으로 가서 형을 불러냈다. 형은 순순히 나왔다. 형 얼굴도 엉망진창이었다. 다크서클이 광대뼈까지 내려와 있고 입술은 말라서 까칠했다.

"오늘은 호떡이 유별나게 맛있게 구워졌더라고."

엄마는 허공을 보며 말했다.

"예. 맛있게 생겼네요."

형도 허공을 보며 대답했다.

엄마와 나 그리고 형은 식탁에 앉아 호떡을 먹었다. 셋 다 엉망진창이었다. 셋은 한 번씩 의무적으로 고개를 끄덕였다. '이거 정말 맛있군! 맛이 끝내줘.' 이런 뜻으로. 특별히 할 말은 없는 상태에서 그렇게라도 해야 했다.

"아이고야, 이게 무슨 냄새인가? 입맛이 확 도는 달콤한 냄새네."

그때 아빠가 왔다. 아빠가 호떡을 덥석 집어 들려는 순간 엄마가 아빠 손을 쳤다.

"먹지 마. 당신은 밥 먹어야 해. 종일 일하고 왔으면 밥 먹어야지 왜 호떡을 먹어?"

"딱 하나만, 딱 하나만 먹을게. 호떡이 먹고 싶어서 죽겠다고."

아빠가 애절한 목소리로 말했다.

"안 돼! 호떡 먹으면 밥맛 없어. 그리고 하나만 먹고 끝낼 사람 아닌 거 내가 다 알거든. 3분만 기다려. 밥 차려 줄 테니까."

엄마가 자리를 털고 일어나 가스 불을 켰다. 아빠는 침을 삼키며 호떡을 바라봤다. 진짜 죽을 정도로 먹고 싶은 눈치였다. 엄마는 반찬을 꺼내며 "호떡 절대 먹지 마. 신우야. 호떡 지켜!" 이러고 말했다. 죽고 못 살 정도로 좋아하는 사이는 아니어도, 흑삼 살 때 아빠 것도 살짝 얹어서 사 달라는 말에 연봉 이야기를 하며 아빠 자존심을 긁어도,

활활 타올라 죽고 못살 정도로 좋아했던 그 마음은 이미 사그라들었을지 모르지만, 엄마가 아빠를 좋아하는 마음의 또 다른 표현이었다. 아빠도 그걸 알고 있다. 그래서 호떡을 못 먹게 해도 서운하게 생각하지 않는 거다. 엄마와 아빠는 서로 좋아하는지 좋아하지 않는지 시시때때로 확인하지 않는다. 거래 같은 걸 하지 않는다. 가지고 있는 마음, 주고 싶은 마음은 그냥 준다. 아무것도 바라지 않고 그냥 준다. 내 자신의 마음이 시키는 대로.

"역시 밥이 최고야."

아빠는 밥을 두 그릇이나 먹었다.

"탄수화물을 저딴 식으로 대책 없이 집어넣으니까 배가 안 나올 수가 있나? 밥 양 좀 줄여."

엄마는 잔소리를 하면서도 흐뭇한 표정으로 아빠를 바라봤다.

"좀 더 먹을래? 반 그릇만 먹어. 쌀이 촉촉하니 좋아서 밥이 맛있을 거야."

밥 양을 줄이라고 말하던 엄마는 그 말을 한 지 1분도 채 안 되어서 아빠에게 물었다. 그러고는 밥을 한 그릇 수북이 퍼서 아빠 앞에 놨다.

오해

나는 점심시간에 점심을 굶은 채 교무실로 갔다.

"오신우, 얼굴이 왜 그래? 요즘 무슨 일 있니? 그렇지 않아도 물어봐야겠다고 생각하고 있었어."

담임이 물었다. 우리 담임처럼 아이들에게 무관심인 사람이 알아차릴 정도면 내 얼굴이 그야말로 엉망진창이 되었다는 뜻일 거다. 하긴 본인은 거울을 봐도 자신이 변한 모습을 가슴에 와닿게 느낄 수 없다는 말이 있다. 하지만 엄마와 형의 얼굴을 보면 내 얼굴도 어느 정도 변했는지 짐작이 갔다.

"선생님. 어떤 사건에 증인이 될 때 비밀은 지켜지나요?"

나는 단도직입적으로 물었다.

"응? 무슨 사건? 우리 학교에서 일어난 사건이야, 아니면 다른 곳에서 일어난 사건이야? 아, 일단 네 말에 답부터 하자면 증인은 보호되어야 할 권리가 있지."

담임이 긴장한 듯 목소리를 낮췄다.

"그런데 왜 소라는 보호받지 못했어요?"

"응?"

"소라는 왜 보호받지 못했느냐고요?"

"아하, 그 이야기? 소라야 자기가 자기 입으로 떠들고 다녔는데 무슨 수로 보호하니? 그렇지 않아도 그 문제로 골치가 아프다. 나찬이나 김나성 부모님들이 보통이 아니시거든. 소라가 무슨 배짱으로 목격자라고 나섰는지 모르지만 김나성이나 나찬이나 둘 다 서로 상관없는 일이라고 하고 있거든."

담임 표정이 급격히 어두워졌다.

"소라는 목격자가 아니에요. 진짜 목격자는 저예요."

"무슨 소리야? 오신우 네가 목격자라고?"

선생님은 두 눈을 끔벅거리며 나를 바라봤다.

"나찬이가 김나성을 두들겨 패는 걸, 샌드백처럼 때리

는 걸 제가 봤다고요. 그날 저는 소라와 운동장에서 만나기로 했었어요. 그런데 소라는 다리 만지려고…… 아, 이건 사건과 별로 관계없는 얘기니까 굳이 말할 필요는 없고요. 아무튼 소라는 약속 장소에 나오지 않겠다고 저에게 문자도 보내고 전화도 했어요. 저는 휴대폰을 가져가지 않았기 때문에 그걸 모르고 운동장에서 소라를 기다렸고요. 그러다 김나성과 나찬이가 싸우는 걸 목격한 거예요. 분명한 건 소라는 그날 운동장에 나오지 않았다는 거예요."

"그런데 왜 소라는 자기가 본 것처럼 말하니?"

"김나성 편을 들고 싶었을 거예요. 선생님, 선생님들은 그런 생각들 안 하세요?"

나는 마른침을 삼켰다.

"물증은 없지만 심증은 확고한 사건. 아이들은 증거나 증인이 없어도 김나성을 팬 사람이 나찬이라고 짐작하고 있었어요. 하지만 다들 침묵하고 있어요. 저도 그랬고요. 선생님들은 전혀 짐작도 못 하고 계신 건가요?"

담임은 내 말에 대답하지 않았다. 보일 듯 말 듯 고개를 끄덕일 뿐이었다. 고개의 끄덕임이 무슨 뜻인지는 알 수 없었다.

"그런데 오신우 네가 침묵을 깬 이유는 뭐니? 정의감이니?"

한참 후에 담임이 물었다.

"거미줄 같은 마음을 정리하고 나니까 중심에 우뚝 서 있는 마음이 보이는 거예요. 그걸 정리해야 다시 거미줄 같은 마음들이 생기지 않을 거 같아서요. 그러니까…… 정의감이니 뭐니 그런 대단한 건 아니고요. 그냥 제 마음이 편해지고 싶어서요. 지금 아주 복잡해서 살 수가 없거든요."

담임은 또 보일 듯 말 듯 고개를 끄덕이며 내 말을 들었다.

"증거는 있니? 나찬이가 김나성을 때렸다는 증거."

담임이 물었다.

"증거요? 제가 본 게 증거인데요. 그러니까 제가 증거이고 증인이라고요."

나는 당황했다. 내가 증인이라고 하면 끝인 줄 알았다. 내가 증인인 건 거짓말이 아니고 사실이니까. 증거를 내놓으라고 할 줄은 몰랐다.

"너도 소라처럼 보지 않은 걸 봤다고 말할 수도 있잖아? 선생님이 이렇게 말한다고 해서 섭섭하게 생각하지 마라. 네가 증인이라고 나서도 나찬이가 지금처럼 절대 김나성을 때린 적 없다고 하면 어떻게 할 건데? 소라가 증인으로 나서면서 나찬이 부모님이랑 김나성 부모님도 학교에 오셨었어. 그런데 가장 중요한 것은 말이다. 현재로선 김나성이 나찬이한테 맞은 적이 없다는 거야. 한 명이 맞은 적 없다고 하고 한 명은 때린 적 없다고 하는 지금 이 상황에서는 확실한 증거가 필요해. 무슨 뜻인지 알지? 하필이면 그즈음에 시시티브이가 고장 났었다니 참 안타까운 일이지."

담임이 한숨을 내쉬었다.

"나찬이요. 나찬이가 그날 운동장에서 저를 봤어요. 나찬이한테 물어보세요."

"나찬이가? 하지만 나찬이가 너를 봤다고 말하겠니?"

담임이 물었다. 그건 아니다.

"선생님이 믿든 믿지 않든 제가 본 건 사실이에요."

나는 답답했다.

"진실을 말하려고 나서는 아이가 있다는 것은 고무적인 일이야. 두렵다고 다들 침묵하는데 그걸 깨고 나서는 건 대단한 용기거든. 나는 신우 네가 진실을 말하고 있다고 믿고 싶다. 하지만 무턱대고 그럴 수가 없구나."

나는 교무실에서 나왔다. 증거는 없었다. 사진이나 동영상을 찍어 둔 것도 아니고 담임 말처럼 그날 시시티브이까지 고장 난 상태였다. 김나성과 나찬이 그리고 내가 운동장에 왔었다는 증거조차 없다. 진실을 말하고 싶어도 진실을 믿게 해 줄 아무런 것도 없었다.

'김나성.'

교실로 돌아와 멍하니 창밖을 내다볼 때 김나성이 떠올랐다. 김나성이 먼저 나서야 한다. 그래야 이 일을 해결할 수 있다. 나는 3학년 1반 교실을 기웃거렸다. 3학년 교실은 2학년 교실과는 달랐다. 점심시간임에도 불구하고 고요했다. 나찬이가 눈에 들어왔다. 책상을 끌어안고 엎드려 한밤중이었다.

나는 조용히 교실로 들어가 김나성 어깨를 찔렀다. 돌아보는 김나성 눈이 휘둥그레졌다.

"잠깐만요."

나는 나지막하게 말하고 곧바로 교실에서 나왔다. 김나성이 따라 나왔다.

"뭐야. 왜 사람을 오라 가라야? 너 뭔데? 너 나 알아?"

"알아, 아니 알아요. 우리 학교에서 3학년 1반 김나성을 모르는 아이가 누가 있어요?"

"좋은 뜻으로 듣겠다."

김나성이 피식 웃었다.

"그런데 어쩌냐? 나는 너 모르는데. 가끔 등하굣길에 보긴 했지만 네가 누군지 나는 관심도 없고 알지도 못해. 무슨 일이냐? 빨리 말해."

김나성이 이마를 찡그렸다. 이마에 주름이 생기자 얼굴은 못 봐줄 정도로 구겨졌다. 이마에 주름 잡히는 것 하나로 인상이 달라 보였다. 보면 볼수록 정 안 가게 생긴 얼굴이었다. 도대체 저런 김나성을 소라는 뭐가 좋다고. 아니, 이런 생각 취소다! 그건 소라의 마음이다. 나는 소라의 마음까지 침범해서 이러니저러니 말할 권한이 없다. 나는 내 마음만 보면 되는 거다. 내가 가장 중요하다.

"진실을 말하면 도와줄게. 아니, 도와줄게요."

나는 단도직입적으로 말했다.

"뭔 소리야?"

김나성이 나를 아래위로 훑어봤다.

"솔직히 말해 봐요. 그날 나를 봤었지요? 가끔 등하굣길에 본 정도가 아니잖아요."

나는 소라와 짜고 나를 운동장에 보낸 거 다 안다는 말은 하지 않았다. 내 마음이 가장 중요한 거라고, 소라가 나를 좋아하지 않았던 것을 억울해하거나 원망하지 말자고 여기면서도, 그걸 받아들이면서도 소라와 김나성의 계획으로 운동장에 갔었다는 건 솔직히 자존심 상했다. 그걸 알면서도 도와주느니 어쩌느니 나서는 게 자존심 상했다. 그리고 내가 그날 운동장에 나타났다는 것을 김나성이 알고 있는게 중요하다. 운동장에 간 이유는 중요하지 않다. 굳이 들춰서 자존심 상하고 싶지 않았다. 김나성은 대답 대신 픽 웃었다. 웃음의 뜻을 알 수 없었다. 그러더니 내 어깨를 몇 번 툭툭 치고 돌아섰다.

　"잠깐!"

　나는 김나성을 불러 세웠다.

　"누구한테 맞았는지 밝혀! 침묵하지 말고 말하라고. 그래야 도와주지. 본인이 나서지 않고 남이 다 해 줄 수는 없는 거야."

　나는 진심으로 말했다.

　"도와줘? 왜? 네가 뭔데 나를 도와줘? 그리고 누가 나 좀 도와달라고 말한 사람 있어? 있느냐고?"

김나성이 내 앞으로 바짝 다가섰다.

"그렇게도 나를 도와주고 싶냐?"

김나성은 목소리를 낮췄다.

"그렇다면 나를 도와주는 진정한 방법을 알려 줄까? 그 날 밤 네가 뭘 봤는지 나는 몰라. 모르지만 네가 본 걸 못 본 척해. 그게 나를 도와주는 거다, 알았냐?"

"그러면 소라는 어떻게 해? 소라는 양심선언을 한 거나 마찬가지야. 같이 계획을 짰으면 같은 배를 타야 하는 거 아니야? 그리고 둘이 계획을 짰을 때 결론은 이거 아니었어? 내가 솔직히 사실대로 말하는 거. 내가 그대로 해 준다고 그러잖아? 그날 밤 나찬이에게 죽도록 맞았던 걸 밝혀 준다고. 내가 싹 밝혀 준다고. 그러니까 먼저 사실을 말하라고."

"뭔 소리야? 계획이 무슨 말이야? 아, 그렇지 않아도 머리 아픈데 이것저것 많이 알고 싶지 않아. 소라가 나찬이가 나를 팼다고 말하고 다닌 거 그건 내 책임이 아니야. 누가 그러라고 시켰어? 나찬이가 나를 팬 거 같다고 짐작을 했으면 사실인지 아닌지 먼저 확인을 해야지 그런 과정도 없이 누가 교무실로 쪼르르 달려가래?"

뭐 저런 철면피가 다 있는지 모르겠다.

"같이 계획을 짜 놓고 이제 쏙 빠지려고? 와, 진짜 뻔뻔하네."

나는 열받아서 참을 수가 없었다.

"이렇게 뒤통수치는 인간인 줄 모르고 좋아하는 소라가 불쌍하다. 내가 소라라면 너 같은 인간은 절대 안 좋아하겠다. 내가 너라면 나찬이가 무서워도, 또 맞을까 봐 두려워도, 네 편을 들어주는 소라를 생각해서라도 이런 식으로 나오지는 않겠다. 소라도 나찬이가 무서웠을 텐데 용기를 냈는데. 황소라, 바보 멍청이! 저런 찌질이를……."

나는 한참 퍼붓다 찌질이라는 말에서 멈췄다. 찌질이라는 말은 하지 말걸. 후회가 되었다. 김나성 성질에 이런 말을 듣고 절대 가만있지 않을 거다. 등골이 오싹했다. 나는 김나성이 뒤통수라도 날릴까 봐 재빨리 교실을 향해 걸었다. 그런데 아, 짜증 나. 눈물은 왜 쏟아지는지 모르겠다.

"어, 오신우! 울었냐?"

복도에서 하연이와 마주쳤다. 하연이가 눈을 동그랗게 뜨고 물었다.

"미쳤나? 눈 좀 똑바로 뜨고 다녀라."

248

나는 재빨리 계단을 내려왔다. 눈물 닦을 마땅한 곳이 없었다. 나는 재빨리 상담실로 들어갔다.

"곧 5교시 시작할 텐데 어쩐 일이야?"

캐리어를 활짝 열어 놓고 뭔가를 하고 있던 상담 선생님이 물었다.

"금방 갈 거예요. 지나가다 그냥 잠시 들어온 거예요."

"설마 눈물 닦으러 온 건 아니지?"

상담 선생님이 말하는 순간 5교시를 알리는 종이 울렸다.

"수업 시작이에요."

나는 두 손으로 얼굴을 문지르며 상담실에서 나왔다.

오후 내내 마음이 복잡했다. 입구를 절대 못 찾는 미로 속에 갇힌 듯한 기분이었다. 보지 않으려고 해도 소라의 어깨가 자꾸만 눈에 들어왔다. 그러면 그럴수록 좁고 어둡고 답답한 미로는 더 복잡해졌다.

"보자."

수업이 끝나고 나는 소라에게 말했다.

"왜?"

소라가 퀭한 눈을 치켜뜨고 물었다. 아주 여우가 울고 갈 정도로 치켜뜬 눈이었다. 김나성한테는 꼼짝도 못 하면서 나를 바라볼 때는 꼭 저런 식이다.

"네 다리를 만지고 싶은 생각은 눈곱만큼도 없으니까 따라와라."

나는 앞장서서 나갔다.

"너, 세미한테 차였지?"

교문 밖으로 나와 마주 섰을 때 소라가 말했다. 그럴 줄 알았다는 듯, 아주 고소해서 죽겠다는 표정이었다.

"응, 차였어."

나는 덤덤하게 말했다.

"바보처럼 왜 차이고 다니냐? 쯧쯧."

소라가 혀까지 찼다. 아이고, 그러는 너는? 그러는 너는 왜 차이고 다니냐? 척 보니 운동장 계획은 김나성에게 이용당한 거던데. 바보처럼 왜 차이고 다니느냐는 말은 내가 하고 싶은 말이다.

"그래, 나는 바보라서 차이고 다닌다. 그건 네가 상관할 일이 아니고 내가 김나성 교실에 가서 김나성 만났었어. 그리고 내가 진실을 말할 테니까 김나성보고 먼저 침묵을 깨라고 말했어."

"그래? 갑자기 웬 용기? 절대 안 할 거 같더니."

소라 얼굴이 환해졌다. 좋아 죽겠냐? 이제 진실이 밝혀지고 죽도록 맞고도 맞았다는 말도 못 하고 있는 김나성이 억울함에서 벗어날 수 있을까 봐서? 아이고, 한심하다! 한심해. 나는 한숨을 쉬며 소라를 바라봤다.

"그래서 김나성이 그렇게 하겠대? 당연히 해야지. 증인이 나선다는데."

"안 하겠다고 하더라."

"안 한다고? 아휴, 겁쟁이. 나찬이가 무서워서 그럴 거야. 그래도 도와주겠다는 아이가 있을 때 사실을 밝혀야지. 아, 답답해. 진짜 말 안 하겠대?"

김나성이 겁쟁이인 건 정확히 알아서 그나마 다행이었다. 무조건 멋있다고 믿으면 나는 더 화가 났을 거다.

"응, 진짜 말 안 할 거 같았어. 그래서 내가 하도 답답해서 소라 네 얘기를 했어. 소라를 생각해라. 소라도 무서웠을 거다⋯⋯."

나는 김나성에게 했던 말을 소라에게 했다. 한 마디도 빠뜨리지 않고 그대로 전했다. 소라 얼굴이 점점 시뻘게졌다. 내 마음에 감동이라도 먹은 건가?

"나는 소라 네가 뽑아 든 칼을 휘두르는데 도와주고 싶어. 칼이 무거우면 너 혼자 휘두르는 거 힘들 거 아니야? 같이 들고 휘두르려고."

"칼은 또 뭐야?"

소라가 중얼거리듯 말했다. 내가 너무 고급지게 비유를 했나?

"한마디로 알아듣기 쉽게 말하면 소라 너를 도와주겠다는 뜻이야. 김나성과는 아무 관계도 없는 내가 왜 김나성을 도와주려고 하겠니? 다 소라 너 때문이지. 우리 다시 한번 의논해 보자. 어떻게 해야 김나성 마음을 움직일 수 있는지."

"지랄을 하세요. 야!"

소라가 갑자기 가방을 벗어 들어 나를 후려치기 시작했다. 가방이 무지막지하게 얼굴과 머리로 날아왔다. 왜 때리느냐고 물어볼 겨를도 없이 나는 가방을 막아 내느라고 바빴다.

"바보 멍청이야! 내가 김나성을 좋아한다고 누가 그러대? 그리고 김나성과 내가 무슨 계획을 짰는데? 머리도 더럽게도 나빠요. 이런 머리 나쁜 새끼를 내가 왜 좋아해 가지고 이 고생인지 모르겠네. 에라. 이 멍청아!"

"아, 진짜 왜 때리느냐고?"

가방 지퍼가 이마를 긁고 지나자 눈이 번쩍할 정도로 통증이 느껴졌다.

"김나성한테 왜 그런 말을 했느냐고! 네가 내 마음을 어떻게 안다고 네 멋대로 떠들어 댔느냐고! 나는 저번에 김나성과 헤어진 후로 끝이었다고! 아, 진짜 미치겠네. 누가 누구를 좋아해서 용기를 내? 당장 김나성한테 가서 아까 헛소리한 거라고 말하고 와. 아, 진짜 쪽팔리고 자존심 상해."

소라는 땅에 떨어진 가방을 집어들고 씩씩거리며 가 버렸다.

"아니냐?"

"죽을래?"

아무리 생각해도 알 수 없었다. 운동장 타령을 하며 사람을 달달 볶아 대며 진실을 밝히길 바라던 소라였다. 그리고 내가 밝히지 않으니까 제가 운동장에 간 듯 거짓말까지 해 가며 김나성 편에 서던 소라였다. 날씨가 더운 것도 아닌데 더위를 먹은 것은 아닐 테고 며칠 동안 속을 썩어서 애가 이상해졌나? 나를 좋아해서 이 고생이라니. 무슨 이런 날벼락 맞을 말이 다 있담? 뺨도 적당히 쳐야지 가슴이라도 떨리고 설레지.

"어깨 아파서 더 못 때리겠네. 맞은 게 억울하면 신고해. 여기저기 시시티브이가 많아서 증거는 충분할 거다."

소라가 바닥에 떨어진 가방을 집어 들었다. 그러고는 뒤도 돌아보지 않고 가 버렸다.

저녁 무렵 소라에게 전화가 왔다.

"내가 너를 좋아하는 이유는 단 하나. 착하기 때문이야. 정직이라는 단어, 웃기지만 네가 정직한 아이라서 좋아했다고. 나 때문에 공연히 운동장에 갔다가 폭행 사건을 보게 한 게 미안했어. 그리고 네가 얼마나 두려움, 양심과 싸우고 있을지 걱정도 되고 말이야. 그날 너한테 전화해도 안 받고 문자 해도 답이 없어서 늦게 운동장에 가려고 나왔거든. 학교에 거의 다 와 갈 무렵 네가 뛰어가더라고. 뭐에 놀란 거처럼. 불러도 못 알아듣고 전속력으로 달려가더라. 학교에서 귀신이라도 본 줄 알았어. 그리고 잠시 후에 나찬이가 학교 쪽에서 오고 그 뒤로 김나성이 절뚝거리며 오더라고. 대충 무슨 일이 있었는지 알았지. 착한 네 마음이 어떨지 상상해 봤어. 무서워서 함부로 진실을 밝힐 수는 없고 그렇다고 말하지 않을 수도 없고 엄청나게 갈등하고 있을 거 같더라고. 그래서 그랬던 거다. 네가 나선다면 나도 힘을 합하려고 운동장 타령을 했던 거다. 네가 양심에 찔리는 거짓말쟁이가 되는 게 싫어서. 알았냐? 하긴 머리 나쁜 네가 어떻게 알겠냐? 아니지, 쓸데없는 쪽으로는 머리 겁나 좋아요. 김나성과 계획을 짜? 아휴, 환장하겠네."

소라가 전화를 뚝 끊었다.

1등급 상담실,
그리고……

나와 소라는 나란히 교무실로 갔다.

"오신우가 그날 운동장에서 본 것은 사실이니까요. 그리고 저도 그날 밤, 김나성과 나찬이를 봤고요. 김나성이 계속 입을 다물고 있는다고 해도 저와 오신우는 해야 할 말은 해야 할 거 같아서 왔어요. 그다음은 선생님과 어른들이 알아서 하세요. 그다음은 저와 오신우는 몰라요. 아, 그리고 증인을 보호해 주어야 하는 건 아시죠? 비밀은 꼭 지켜 주세요. 저 말고 오신우요. 가자, 오신우."

소라는 내 손을 잡았다. 나는 당황해서 소라 손을 뿌리쳤다. 담임이 바로 눈앞에서 빤히 보고 있는데 손을 잡고 난리람?

"아참, 선생님. 꼭 증거가 필요하면 말이에요. 올인 분식집 부근에 있는 시시티브이를 찾아보세요. 운동장으로 갈 때는 다들 어떤 길로 갔는지 모르겠지만 나올 때는 모두 그 길로 나왔거든요."

소라가 담임에게 말했다.

"아참! 깜박 잊은 게 있다."

중앙 현관으로 와서야 소라는 내 손을 놨다. 그리고 기다리라며 교실로 갔다. 그때 상담 선생님이 나타났다.

"잠깐 보자."

"소라 기다리고 있는데요."

"네가 여기에 없으면 전화 오겠지. 오늘이 마지막 날이거든. 내일 일찍 떠날 거야."

나는 상담 선생님을 따라 상담실로 갔다. 그렇게도 소중하다는 빨간 구두를 찾지 못하고 떠나는 상담 선생님에게 말로 표현할 수 없을 정도로 미안했다.

"미션을 무사히 마쳤구나?"

"예?"

"그래. 내게 신호가 왔거든. 지금 네 마음이 어떠니?"

나는 갑작스러운 질문에 잠시 얼떨떨했다.

"글쎄요. 해야 할 일을 미루고 있다가 한 거 같은 기분이랄까요? 편해요."

진심이었다. 교무실에서 나오는데 발이 한없이 가벼워서 이러다 하늘로 날아오르면 어쩌나 걱정이 될 정도였다.

"진짜 내일 떠나세요? 오늘이 학교와 계약 마지막 날이에요? 그럼 선생님…… 선생님 정체가 뭔지 알려 주시면 안 돼요? 어떻게 그런 초인적인 힘을 가지고 있는지."

"이런 날이 오지 않으면 어쩌나 내심 많이 걱정했단다. 잠깐!"

상담 선생님은 내 질문에는 대답하지 않고 캐리어 바깥쪽에 있는 지퍼를 열었다. 상담 선생님이 그 안에서 꺼내는 것을 보는 순간 나는 놀라서 입이 저절로 벌어졌다. 상담 선생님이 꺼낸 것은 빨간 구두였다. 내가 중고 마켓에서 사서 소라에게 선물했던 바로 그 빨간 구두. 한 짝이 아닌 온전한 한 켤레였다. 나는 내 눈을 의심했다. 두 손으로 눈을 박박 문질렀다. 다시 봐도 그 구두가 분명했다.

"이, 이, 이게 어떻게 된 일……."

어리둥절하고 있는데 상담 선생님이 빨간 구두 한 켤레를 내밀었다.

"받아."

상담 선생님이 웃었다.

"한 짝은 분명 바다에 빠뜨렸었는데 이게 어떻게 된 일이지요? 어떻게 이 한 짝을 선생님이 가지고 있어요?"

"일단 받으라니까."

상담 선생님은 내 두 손을 잡아 손바닥을 활짝 펴게 했다. 그리고 내 손바닥 위에 빨간 구두를 올려놨다.

"네가 중고 마켓에서 빨간 구두를 찾아 헤매던 때 말이다. 너의 그 간절함이 이 구두에 닿았어. 그래서 네가 이걸 발견할 수 있었던 거지. 내가 중고 마켓에 올려놓는 구두는 간절한 마음이 있는 사람 눈에 띄게 되어 있거든. 그러니까 소라를 기쁘게 해 주겠다는 네 마음이 나를 감동시킨 거지. 이 구두를 소라가 신고 딱 한 달만 무사히 지났으면 너와 소라 사이는 아주 단단해져서 헤어지지도 않고 영원히 좋아하는 사이가 될 수 있었지. 그런데 뜻하지 않은 일이 발생했어. 네가 흔들렸던 거야. 뒤통수를 맞은 기분이더라고. 돈에 흔들려서 구두를 팔까 말까 흔들리는 모습이라니."

상담 선생님이 고개를 흔들며 얼굴을 찡그렸다.

"그럼 선생님이 천만 원의 주인공 맞는 거네요? 저를 시험해 보려고 그런 거네요?"

"아니."

상담 선생님이 고개를 젓는 바로 그 순간이었다. 바지 주머니에서 휴대폰 진동음이 울렸다.

"소라인가 봐요."

나는 휴대폰을 꺼내 확인했다.

"이게 대체 뭐야?"

나는 너무 놀라 정신이 멍해졌다.

> 빨간 구두를 저에게 파세요. 돈은 원하는 대로 드릴게요. 이천만 원은 어때요?
> 원한다면 금액 조율도 가능해요

"서, 선생님이 문자를 보낸 천만 원의 주인공은 아니었 군요. 그, 그, 그럼 이 문자를 보내는 사람은 누구예요? 누 가 자꾸 빨간 구두를 탐내는 거지요? 그리고 구두를 잃어 버렸을 때는 잠잠하더니 다시 찾은 걸 어떻게 알고 당장 문자가 와요?"

나는 여전히 멍한 정신으로 중얼거리듯 말했다.

"어떤 일에든 훼방을 놓으려는 자는 존재하는 법이란다. 남의 연애가 잘되는 걸 배 아파하는 자가 있지. 좋아하는 마음을 빼앗아 자기 걸로 만들려는 자 말이야. 자, 이걸 보렴."

상담 선생님이 캐리어를 내 가까이 밀었다.

"원래는 이런 캐리어를 세 개 정도 끌고 다녔었지. 그만큼 구두가 많았었다는 뜻이야. 하지만 다 간절한 마음을 가진 사람들에게 돌아가고 이제 열세 켤레 남았지. 이제 이것만 나눠 주고 나면 내가 할 일은 끝이야. 구두를 가지고 세상을 돌아다닌 지 이백 수십 년이 훨씬 지났고 삼백 년 안에 할 일을 무사히 마칠 수 있을 거 같다. 구두를 받은 사람들이 그 문자를 보내는 자에게 넘어가지 않으면 말이다."

"선생님 누구세요?"

이백 수십 년이니 삼백 년이니 하는 말에 나는 상담 선생님에게 물었다.

"너 요트를 타던 날에 나를 봤었잖니? 바다에서 구두를 건지는 내 모습. 그게 나였어."

나는 상담 선생님을 바라봤다. 멍하던 정신은 더 멍해졌다. 내가 꿈속에 들어와 앉아 있는 듯한 착각도 들었다.

"나는 바다에 살았었지. 이건 말이다, 해초를 갈아 만든 차야. 내가 말했잖니. 우리 고향에서 나는 걸로 만든 차라고."

상담 선생님이 캐리어 한쪽에서 티백이 가득 든 자루를 꺼냈다.

"호, 호, 혹시 이, 이, 건 정말 호, 혹시 해서 물어보는 건데요? 서, 선생님이 사람의 다리와 영혼이 필요한 그 물, 물고기인가요?"

"아니. 너 머리가 그닥 좋은 거 같지는 않다. 여태 내가 한 말을 듣고도 내가 사람이 가지고 있는 뭔가를 빼앗아 가는 존재로 보이니? 너에게 문자를 보낸 자, 그 자가 바로 사람의 다리와 영혼이 필요한 물고기야."

상담 선생님은 잠시 말을 멈추고 포트 스위치를 올렸다.

"나는 인어야."

"예에?"

잠시 돌아오려던 정신이 다시 멍해졌다.

"인어라고, 인어 공주. 인간 세상 왕자를 짝사랑하다 다리를 얻고 목소리를 잃은 비운의 공주였지. 그러다 물거품이 되어 사라진……. 하지만 나는 단 한 번도 마녀에게 내 목소리를 판 것도 왕자를 죽이지 못한 것도 후회하지 않았다. 왕자에게 왕자를 구해 준 은인은 난데 왜 엉뚱한 사람을 사랑하고 결혼을 하려고 하느냐고 따지지도 않았지. 왕자를 좋아한 건 나였어. 내가 좋아하니까 너도 나를 좋아해야 한다는 건 남의 마음을 내놓으라고 하는 거나 똑같은 거지. 그러다 물거품이 되었지만 나는 죽지 않았어. 나는 물거품이 되어 떠내려가다 사랑을 만들고 인간들에게 보내는 곳에 도착했어. 진심으로 누군가를 사랑해 본 사람만이 도착할 수 있는 곳이야. 나는 그곳에서 임무를 얻었단다. 다리를 얻기 위해 목소리를 포기했던 나는 단 한 번도 예쁜 구두를 신어 본 적이 없었지. 그걸 안타깝게 여긴 그곳의 가장 높은 분이 내게 구두 이백 켤레를 주었어. 삼백 년 안에 간절하게 누군가를 좋아하는 이들을 찾아서 구두를 한 켤레씩 주라는 임무였지. 삼백 년 안에 이백 켤레를 다 나눠 주고 나면 나는 새롭게 생명을 얻게 되는 거야. 다시 바다로 돌아갈 수 있어. 내가 태어나고 놀던 곳, 저 먼 바다로, 인어가 되어……."

나는 말하는 상담 선생님 입을 바라봤다.

"그, 그래서 비가 내리는 날 빗물을 받아 마시고 비를 맞으셨군요. 물이 그리워서."

상담 선생님이 천천히 고개를 끄덕였다.

"항상 물이 그립지. 지금까지 백여든일곱 켤레의 구두를 나눠 주며 사실 네가 제일 힘들었다. 처음부터 돌발적인 행동을 하는 아이였다면 나도 긴장했을 텐데 너는 너무도 순수하고 착하고 순했거든. 모든 일이 평탄하게 될 줄 알았어. 그깟 20일은 껌 씹듯 지날 수 있을 거라고 믿었지. 그러다 뒤통수를 제대로 맞은 거지. 돈에 흔들릴 줄은 몰랐다. 네가 흔들리면서 일도 꼬일 뻔했지. 더 황당한 것은 바다에 구두 한 짝을 빠뜨린 거야. 전혀 예상도 못 한 일이었지. 정말 다행인 것은 내가 그날 바다 근처에 있었고 순발력이 뛰어난 덕에 바다에서 구두를 건질 수 있었지만 지금의 나는 수영을 그다지 잘하지 못하거든. 위험한 순간이었어. 원래는 구두를 사고 별일 없이 20일이 지나면 학교 상담실로 와서 너를 만나 앞으로 어떻게 해야 소라와 좋은 사이로 계속 지낼 수 있는지 상담만 해 주면 되는 거였어. 그런데 일은 한없이 복잡해졌지. 구두를 사

간 사람이 구두를 잃어버리면 무턱대고 찾아서 돌려주면 안 되거든. 구두를 살 때의 그 간절함을 도로 찾는 걸 봐야 해. 네가 복수하겠다고 할 때, 처음에는 당황했지만 나는 믿고 있었다. 결국은 복수의 마지막 솔루션이 필요 없게 될 거라는 걸. 네가 미션에 성공할 거라는 걸."

여전히 정신은 돌아오지 않았다. 나는 상담 선생님이 읽어 주는 동화책을 듣듯 귀를 기울이고 있었다.

> 조건은 얼마든지 들어줄 수 있어요. 구두를 제게 파세요. 어디로 갈까요? 오늘 중으로 구두를 받았으면 좋겠습니다.

다시 문자가 왔다.

"20일을 잘 견디면 그 문자는 안 올 거야."

"이 물고기와 아는 사이예요? 인어 공주일 때 같은 바다에 사셨어요?"

멍한 상태에서도 궁금한 걸 물었다.

"아니. 나도 그 물고기의 정체는 잘 몰라. 그 물고기가 바다 마녀일 수도 있다는 생각은 늘 하고 있단다. 하지만 증거는 없어."

그때였다. 휴대폰 진동음이 울렸다. 소라였다.

"야, 너 어디야?"

소라가 소리를 빽 질렀다.

"화, 화, 화장실."

"빨리 가 봐라."

상담 선생님이 말했다.

"이제 못 보는 거예요?"

나는 자리에서 일어나며 물었다. 상담 선생님이 웃었다.

"아참! 상호와 세미도 구두를 받았나요?"

나는 상담실 문을 열려다 멈추고 물었다.

"아니. 둘 다 아직은 간절함이 없어. 하지만 간절함이 생길 수도 있지. 그때는 이 학교에 또 올 수도 있어. 빨리 가 봐."

나는 다시 허리를 숙여 인사한 뒤 상담 선생님을 바라봤다.

"선생님. 1등급 맞아요."

나는 엄지손가락을 치켜올렸다. 믿을 수 있는 상담실이다, 실력이 대단한 상담 선생님이다, 이렇게 말로 표현하면 확 와닿지 않을 수 있다. 1등급 상담실이다, 1등급 상담 선생님이다, 이러면 금방 와닿을 거다. 나는 1등급이라는 말보다 더 좋은 말이 떠오를 때까지는 그렇게 기억하기로 했다.

"꼭 인어가 되실 수 있을 거예요."

내 말에 상담 선생님이 웃으며 손을 흔들었다.

"너는 화장실에 갈 거면 간다고 말을 하고 가야 할 거 아니니? 어디 갔나 한참 찾았잖아?"

소라가 소리를 빽빽 질렀다. 예전의 소라로 돌아가고 있었다.

"교실에는 뭐 가지러 갔던 건데?"

"그건 몰라도 되고……. 있지, 상호와 세미가 교실에 아직 남아 있더라. 내가 들어갔는데 완전 기절할 듯 놀라더라고. 대체 뭔 짓을 했는지. 학교에서 이상한 짓을 한 거는 아니겠지?"

소라가 고개를 갸웃거렸다.

"뭘 걱정이야? 상호는 여친 잃지 않는 방법을 1조 1항부터 10조 10항까지 만들어서 외고 있는 아이인데. 이상한 짓이 여친을 잃지 않는 방법인지 아닌지 상호는 알고 있을 거야. 빨리 운동화로 갈아 신어. 내가 오늘 올인 분식집에서 한턱 쏠게. 올인 분식집 앞에 있는 시시티브이는 그날 제발 무사했길 바라면서."

나는 운동화를 갈아 신은 다음 소라에게 말했다.

"알았다."

소라가 허리를 숙이고 운동화를 갈아 신을 때였다. 저만큼 김나성이 나타났다. 김나성은 교무실로 들어가고 있었다.

"아줌마. 이 앞에 있는 시시티브이, 멀쩡하죠? 고장 나지 않았죠?"

올인 분식집으로 들어가며 소라가 물었다.

"내가 항상 점검하고 있어. 요즘 가게 앞에서 오줌 누는 몰상식하고 몰지각한 인간들이 많아서 말이야. 아침에 나오면 문 입구에서 지린내가 나서 살 수가 없어. 범인이 이 동네에 사는 인간 같은데 내가 꼭 잡고 말 거다."

올인 분식집 아줌마가 말했다.

떡볶이와 군만두를 먹고 나오는데 상호와 세미가 횡단

보도를 건너가고 있었다. 둘 중에 한 명이라도 간절한 마음이 생겨서 다시 상담 선생님을 봤으면 좋겠다.

"아참!"

나는 소라 손을 잡고 공원 벤치로 갔다. 그리고 가방에서 빨간 구두 한 켤레를 꺼내 벤치 위에 올려놨다.

"뭐야? 똑같은 걸 어디서 구했어? 와, 오신우 대단하다."

소라가 나에게 와락 안겼다. 나는 당황해서 두 손을 높이 쳐들어 만세 자세를 취했다. 잘못하다가는 허리를 만지려고 한 놈으로 몰릴 수 있다. 저 멀리 보이는 하늘이 파랬다. 바다처럼 파랬다. 이번 토요일에 요트를 타러 갔으면 좋겠다. 아, 빨간 구두는 집에 두고 오라고 해야지.

어릴 때 가장 이해할 수 없었던 인물이 동화 속의 인어 공주였다. 자신의 모든 것을 내놓으면서도 결국은 물거품이 되어 사라졌던 인어 공주는 내겐 가장 한심하고 어리석게 느껴졌다. 적어도 왕자를 살린 것이 자신이었다는 것만큼은 밝혀야 했다. 뒤에서 안타까워할 게 아니라 자신의 모습을 왕자 앞에 드러내야 했다. 당당하지 못했던 그 모습을 가장 순수한 사랑인 듯 그린 동화 자체도 마음에 들지 않았다.

어릴 적 나를 속 터지게 만들었던 인어 공주를 다시 만난 것은 최근이다. 누군가를 좋아하는 마음은 조심스럽다. 자신의 마음이 제일이고 최고인 듯 착각하고, 마음 표현하는 방법을 잘못 알고 있는 이들로 인해 연일 세상은 혼란스럽다. 그들의 공통점은 상대방의 마음 따위는 중요하지 않게 여긴다는 것이다. 그리고 자신이 마음을 주는데 왜 똑같은 마음을 내놓지 않느냐고 따지고 든다.

새삼 어릴 적 가슴을 치게 만들었던 인어 공주가 그리웠다. 그렇다고 해서 인어 공주가 모두 옳다는 말은 아니다. 사랑하는 이에게 사실조차 밝히지 못하고 가슴앓이를 하다 끝내는 물거품이 된 그 모습은 여전히 어리석고 답답하다. 상대에게 자신의 마음을 알린 다음 상대의 의견을 존중하고 배려했다면 얼마나 좋았을까 하는 생각은 지금도 여전하다. 상대에 대한 조심스러움과 배려, 이런 마음이 그립다. 이 작품은 인어 공주에 대한 그리움에서 태어났다.

사람의 마음은 흐르는 물과 같다. 흘러가는 물길을 자신으로서도 어쩔 수 없는 지점이 있다. 그러나 물꼬를 다른 쪽으로 트는 일은 할 수 있다.

'네 마음이 내 마음이고 내 마음이 네 마음이다.'라는 말은 있을 수 없다. 상대의 마음을 존중하면서 가장 간절한 사랑을 하길 바란다. 가족이든, 친구든, 연인이든.

어느 날 여러분 앞에 구두가 잔뜩 들어 있는 캐리어를 끌고 인어 공주가 나타날 수 있기를 바란다.

박현숙

바다로 간 달팽이 023

1등급 상담실

1판 1쇄 발행일 2023년 1월 16일 1판 3쇄 발행일 2023년 10월 24일
글쓴이 박현숙 펴낸곳 (주)도서출판 북멘토 펴낸이 김태완
편집주간 이은아 편집 김경란, 변은숙, 조정우 디자인 안상준 마케팅 강보람, 민지원, 염승연
출판등록 제6-800호(2006. 6. 13.)
주소 03990 서울시 마포구 월드컵북로6길 69(연남동 567-11) IK빌딩 3층
전화 02-332-4885 팩스 02-6021-4885

🖥 bookmentorbooks.co.kr ✉ bookmentorbooks@hanmail.net
📷 bookmentorbooks__ f bookmentorbooks

ⓒ 박현숙 2023

ISBN 978-89-6319-499-8 43810